勇者のふりも楽じゃない
——理由？俺が神だから——
疲労困憊
Hirou Konpai
イラスト
さめだ小判
Sameda Koban

『あ、貴方は、勇者さま……？』
セリィ
亡国の王女様だった姫騎士。
ケイカと出会う。

神、異世界に降臨
『蛍河比古命《けいかひこのみこと》の名に従う、
神代の時より流れしあまたのせせらぎよ、
一束に集まり激流と成せ――
《魔《ま》鬼《き》水《すい》斬《ざん》滅《めつ》》！』
ケイカ
異世界で再び神になることを
目指す元八百万《やおよろず》の神。

「ん～～ケイカお兄ちゃん……」
ミーニャ
ケイカとセリィが泊っている
宿の娘。猫獣人。

「彼女のような獣人は、この街の生まれではないのです」
「なるほど。だから魔王の手先と思われてミーニャは怯えているのか」
王都クロエにて

「これは儀式だ。いやらしいことなどない」
「ふ、ふぇ!?」

「ああ……っ。ケイカさまぁ……♥」
特別な騎士にしてやるとともに、
数値も騎士に合うよう書き換えてやろうじゃないか。
俺は彼女の華奢な体を触っていく。
胸や腰のなだらかなラインを指先で弄《いじ》る。
聖なる(?)儀式

目次
Contents

Also brave of pretend not that easy.
Reason?
Because I'm a god.

勇者のふりも楽じゃない
――理由？　俺が神だから――

疲労困憊
Hirou Konpai

イラスト　さめだ小判
Sameda Koban

プロローグ

日本《にほん》の大きな都市。

俺《おれ》こと蛍河比古命《けいかひこのみこと》は高いマンションの屋上から、大規模な工事現場を見下ろしていた。

紺色の和服が風にはためき、腰に差した太刀が揺れる。

眼下にはすべてを平地にするかのような工事。オリンピックのための区画整理らしい。

ショベルカーが道路をはがし、ブルドーザーが土砂を運んでいく。

そして、俺の御神体――今は道祖神《どうそしん》にまで成り下がった大きな岩をも砕きながら移動させていく。

はあ、と俺は天を見上げて溜息《ためいき》を吐《つ》いた。足を後ろに下げると下駄《げた》がカランッと虚《むな》しく鳴る。

「千年以上頑張ったのにな……。俺は神になれなかった……」

俺はその昔、八百万《やおよろず》の一柱に数えられたこともあった、れっきとした神だった
しかし、人間に媚《こ》びることをせず、傲慢に振る舞ってきた。

けれどそれは間違いだった。

特に江戸期に古事記を再評価した本居宣長《もとおりのりなが》の夢枕《ゆめまくら》に立って自分の名を囁《ささや》かなかったのが致命的だった。

なぜ人間なんかに媚《こび》を売らなくてはいけないのか？

当時の俺は理解できなかった。

あの天照大神《あまてらすおおみかみ》ですら本居宣長の枕元へ足を運んでいたというのに。

古事記の原本自体はすでに失われていることを俺は失念していた。

結局、俺の名前は古事記から消え、流浪神となってしまった。

それでも、まだ当時は御神体を祭る神社があった。

だが明治の神仏分離令の余波で、名もなき神の社は切支丹《きりしたん》の隠れ蓑《みの》呼ばわりされて潰《つぶ》された。

その後、御神体だけは道の三叉路《さんさろ》に置かれて少しは信仰を集めた。

――が。

見てのとおり。工事の地ならしに巻き込まれて御神体すらも砕かれた。

人とコンタクトを取るのは不可能になった。

これが人に媚びず、高慢に振る舞った神の末路。

もう俺には何もない。

軽く首を振った。感傷に浸ってても仕方がなかった。

どれだけ後悔したところで、挽回《ばんかい》できるはずはなかった。

「――帰るか」

腰に下げたひょうたんの水筒を手に取ると、自分の立つ周囲を囲むように丸く水を撒《ま》いた。

そして手を合わせて呪文《じゅもん》を唱える。

「空と時を繋《つな》ぐ、天鳥船神《あまのとりふねのかみ》よ。我が呼びかけに応じ、彼方と此方を渡る道となれ！ ――

《異界神門《いかいしんもん》》」

ブゥン――――っ、と目の前に虹色の丸い空間が口を開く。

人々にあがめたてまつられる神になると吹聴して高天原《たかまがはら》から降りてきたのに、手ぶらで帰ったら何を言われるか。

考えただけでも憂鬱《ゆううつ》だった――――ん？

「あ、やべ！　行き先指定忘れてる！」

次元移動する呪文なんて久しぶりすぎて、すっかり忘れていた。

胴体が吸い込まれたところで、俺は虹色の入口の縁に指をかけて必死に抵抗した。

「ちょ、ちょっと待て！　ストップ！　ふりぃぃず！」

叫んだところで止まらない。すさまじいまでの吸引力。

さすが今でも信仰を集める神の力。

落ちこぼれでは勝てない。

抵抗むなしく縁から指先が離れた。

一気に吸い込まれて、体がぐるぐると回るように揺れる。

目に見える青い空が、白い雲が、茶色い工事現場が、交じり合うように融けて遠ざかっていく。

「うわぁぁあ！　やめろー！　やりなおしさせろー、ばかー!!」

俺は手をバタバタさせて抵抗したが、一度発動した呪文の前には無力。

どこへ行くのかわからぬまま、次元の彼方へと飛ばされていった。

一章

異界の神になってやる！

緑の木々が鬱蒼《うっそう》と生い茂る森の中。

俺《おれ》は意識を取り戻し、目を開けた。

見た事もない木が生え、花が咲き、虫や動物がいた。

「やっちまった……」

俺は起き上がると、和服の懐《ふところ》に手を入れて歩き出した。

森の柔らかい腐葉土を下駄《げた》で踏む感触が心地よい。

――まあいい、呪文《じゅもん》を唱えなおしてさっさと帰ればいいんだ。

そのためには清らかな水が必要だった。ひょうたんの水は使い切ってしまっている。

「陰気な森だな。泉か小川があればいいんだがな――《千里眼《せんりがん》》」

俺の目が光る。遠くまで見渡せる。

――が、森が深すぎていまいちわからない。驚くほど広大な森だった。

「仕方ないな。どこか話を聞けそうなやつは、っと」

《千里眼《せんりがん》》のままでキョロキョロと見渡す。

すると、一本の巨大な木を見つけた。他《ほか》の木々よりも二倍ほど高く、胴回りは大人十人が手を広げても届かないほどに太い。

日本なら確実に御神体になってるレベル。おそらくすでに意志を宿しているだろう。この森の主《ぬし》と見た。

「よし。あいつに尋ねるか」

俺は森の下草を踏みしめて歩いていった。

大木の傍《そば》まで来る。高さよりも横に太い。堂々とした構え。

上から下までじっくりと見定めて、信頼できるやつかどうか判断する。

よこしまなオーラを感じない。いいやつそうだった。

「なあ、ちょっとすまないが、この近くに小川か泉はないか？　魔法の触媒に使えそうな清らかなやつ」

すると、大木は向かって右側の枝をざわざわと揺らした。そっちにあるらしい。

「ありがとよ」

片手を上げて礼を言うと、教えられたほうに向かって歩き出した。


しばらく木漏《こも》れ日を感じながら森を歩いた。

人の手がほとんど入っていない原生林で、苔《こけ》むした木や岩が多い。

下駄の跡が点々と地面に残った。

そして、俺は森の中にある広場のような場所へやって来た。

体育館ほどの広さがあり、木々が生えていなかった。

暖かな太陽が真上から降り注《そそ》ぐ。どうやら昼らしい。

芝生のような緑に覆《おお》われている。広場の端には清浄な水を貯めた小さな泉。

「ん?」

俺は足を止めて、首を傾《かし》げた。

泉の傍に巨大な岩があったが、そこに鎖につながれた女がいた。

腰までの長い金髪に青い瞳《ひとみ》。大きな胸にくびれた腰。大人のような色気を持つが、どこか少女らしい青さを感じさせる。十代後半の気の強そうな女だった。

スタイルはいいがたぶん処女だな、と俺は思った。

しかし格好が珍しい。

ゲームやマンガでしか見たことのないような(神だって暇つぶしに遊ぶ)白いスカートに白い上着。銀の胸当てをして、細身の剣を腰に下げている。

いわゆるファンタジーに出てくる女騎士とでもいうような存在。

首輪をはめられて岩に鎖で繋《つな》がれた女は憔悴《しょうすい》しきった様子で座り込み、ぐったりとうなだれている。

清らかな白い頬《ほお》に金髪がかかるその姿は、儚《はかな》げなほどに美しかった。

——ま、俺には関係ない。

知らない世界だ。へたに関わると面倒なことになる。この女の抱える問題が面倒なのではなく、この世界の神の機嫌を損ねることが問題なのだ。

この世界にも神はいるはずで、女の様子はどうみても儀式の生贄《いけにえ》。よく見れば女の周りには酒瓶《さかびん》や果物まで供えられている。

この世界の神に自分への供物を横取りしたと思われたら弁解の余地がない。

殺されても文句言えない。

……それにもう、人を救うのにも疲れたしな。

当分、高天原《たかまがはら》に引きこもって寝て過ごしたい。

俺はジャリジャリと下駄を鳴らして広場を横切った。

そして泉の縁石に足を乗せた。和服のすそが割れてふくらはぎが露《あら》わになる。

それから腰に下げたひょうたんを手に持った。水を汲《く》むため。

鏡のような水面に黒髪黒目の顔が映った。それなりに整っている俺の顔。

すると。

女騎士がはっと顔を上げた。美しい金髪がはねて整った顔立ちが露わになる。

「あ、あなた！　旅のものでしょうか⁉　わたくしを助けてください！　今すぐに！」

俺の眉間《みけん》にしわが寄る。

――それが神に対してお願いをする態度か……――え？

「ちょっと待て！　お前、俺の姿が見えるのか⁉」

「何を言っているのです！　だから話かけたのですわ！　――もう時間がありません！　早くわ

たくしを助けてくださいませ！」

女騎士は身をよじって必死で訴えてきた。首の鎖がシャランと鳴った。

よほど焦《あせ》っているようで、丁寧なのか威圧的なのかよくわからない口調になっていた。

俺はとっさに考える。

神の姿が見えるのなら、そういうふうな世界に作ったんだろうな。

この世界の神はよほど自己顕示欲の強いやつらしい。

そんなやつの供物を取ったら――。

俺の態度は決まっていた。

「いやだね」

「な、なぜですか――っ！」

「どこの世界でも鎖につながれるやつは、悪いことをしたやつか、繋がれるだけの理由があるやつだ。そんなのを事情もわからずに野放しにはできないな」

「――うっ！」

女騎士は悔しそうに赤い唇を噛《か》んだ。みるみるうちに端整な顔を歪《ゆが》めて泣きそうになる。華奢《きゃしゃ》な体が細かく震え始めた。

少しだけ同情する。

ていうか、うなだれているため細くて白いうなじが見えている。色っぽい。

思わず軽口を叩《たた》いてしまう。

「あれか、畑泥棒でもしたのか？　お前、食い意地張ってそうだもんな」

「そんなことしません！　──わたくしは、わたくしは……」

女騎士は言いよどむ。

その言葉すら言いたくないといった様子で。認めたくないらしい。

けれど女騎士は顔を上げると青い瞳で俺をまっすぐに見た。

「……わたくしは、何も悪いことはしておりません。ただ『咎人《とがびと》』として生まれてしまったのです」

「とがびと？」

「はい、生まれながらにして悪い存在と言われています。この世界の大半が魔王の手に落ち、世界を救うべき真の勇者が生まれてこないのも、すべて罪深き『咎人』が生まれてきたせいなのだ──と言われています」

「ふぅん」

俺は首を傾げた。

この女、気は強そうだが、悪いやつには見えなかった。

むしろ、清く正しいやつに見える。

俺は目を細めて、じっくりと女の内部へと目を向けた。

物事のすべてを見通す目。

──《真理眼《しんりがん》》。

俺の目の前に女騎士のステータスが浮かび上がる。

【ステータス】
名　前：セリィ・レム・エーデルシュタイン
性　別：女
年　齢：17歳
種　族：人間
職　業：咎人（＝＝＝＝＝＝）
クラス：騎士Ｌｖ５　＝＝＝＝＝＝Ｌｖ17
属　性：【光】

【パラメーター】
筋　力：10（1）　最大成長値25
敏　捷：17（3）　最大成長値30
魔　力：19（4）　最大成長値75
知　識：12（2）　最大成長値50
幸　運：02（0）　最大成長値03

生命力：１３５

精神力：１５５
攻撃力：１０７（37＋70）
防御力：０８９（44＋40＋５）
魔攻力：１６５（50＋50＋50＋15）
魔防力：１５８（43＋50＋50＋15）

【装　備】
武　器：秘匿銀の細剣《ミスリルレイピア》　攻＋70　魔＋50
防　具：秘匿銀の胸当《ミスリルハーフプレート》て　防＋40　魔＋50
　　　　祝福の絹服《グレースドレス》　防＋５　魔＋15
装身具：継承の指輪　思い出のペンダント

あんまり育ってないので、スキルは省いた。

なんで他人の能力がゲームのように数値化されて見れるのか？

理由——だって神だから。

昔はもっと違う感じで見えていたのだが、いろいろゲームをプレイしていた時に、こっちのほうがわかりやすい！　と気付いて真理眼を修正したのだ。

まあ、それにしても。

能力にいろいろ突っ込みどころはあるとして（例えば筋力の数字の横（1）はLvが上がった時の成長値。こいつ1しか上がらない上に最大25と、明らかに騎士じゃなく魔法使いのほうが向いてる、とか）

とりあえず俺は属性に注目した。

――光属性。

意味がわからず腕組みをして考えながら呟《つぶや》く。

「どこが生まれながらの悪なんだ？　珍しい光属性じゃないか」

この世界はどうかわからないが、日本で言えば一万人から五万人に一人しかいない、稀少《きしょう》な存在だった。

こんな経験はないだろうか。

町内会議などでケンカになりかけたが、近所の明るいおばちゃんがやってきたとたん、会議室内の雰囲気まで明るくなって、ケンカがうやむやになったり。

学校でとても嫌なことがあってイライラしてたけど、とある明るい店員さんの顔を見るだけでなぜか癒《いや》されたり。

めったにいないから経験してないかもしれないが、いるだけで周りを明るくする人。そういう存在が光属性だった。

そしてこの女騎士も光属性。

世界に害をなす罪人とは、とてもじゃないが思えなかった。

女騎士はうなだれたまま首を振る。金髪が力なく揺れる。

「そんな……わたくしが光だなんて、ありえませんわ……。生まれてからずっと不幸で」

「ああ、うん。不幸そうだものな」

幸運が2しかないからな、とはさすがに言えなかったが。

女騎士は長い長い溜息《ためいき》を吐《つ》いた。もうすべての希望を吐き出してしまうかのような疲れた溜息だった。

「やはり咎人として生まれてしまったわたくしが悪かったのでしょう。――旅の方。お願いを一つだけ聞いてはいただけませんでしょうか?」

「聞くだけは聞いてやるぞ」

すべての神は願いは聞く。しかし叶《かな》えてやるかどうかは神の御心のままだ。

しかし女騎士の願いは予想の斜め上だった。

「わたくしを――殺してください」

「えっ!」

俺は、突然の願いに返す言葉を失った。

驚いた俺をよそに、女騎士はとつとつと言葉を繋いだ。

「わたくしは魔王を倒すため、勇者になろうと思いました。素性を隠して頑張ってまいりました。……しかし結局は咎人。叶わぬ夢でした」

「でも神にささげられるんだろう？　勝手に死んだらまずいだろ」

俺の問いに彼女は首を振った。豊かな金髪が哀しげに揺れた。

「違います。存在するだけの咎人を最後ぐらいは人の役に立てようと、このまま魔王やその手下の餌にされるのです」

「なんだって――ッ！」

俺は《真理眼《しんりがん》》でそこらにある供物を見ていった。

【名産の酒】や【名産の果物】に混じって【魔物への食料】や【魔王へのささげもの】が存在していた。

神にささげられた生贄《いけにえ》じゃないのかっ！

それに――と俺はこのシステムの完璧《かんぺき》さに舌を巻いた。

魔を打ち払う力を持つ光属性を咎人扱いにして、魔物のエサにする。

これが真の勇者とやらが生まれてこない真相なんじゃないのか？

女騎士は、華奢な首にはめられた首輪をほっそりした指先でいじりながら言った。

「この鎖、外そうとしたが外せませんでした。きっとあなたでも無理でしょう。ですから、最後のお願いです。魔物によって慰みものにされてしまう前に――わたくしを、殺してください」

そう言って女騎士は頭を下げた。陽光を浴びた金髪が美しく流れる。

俺は歯を噛み締めて、睨《にら》むように見下ろした。

「お前はそれでいいのか？」

「え？」

「魔物にしろ、俺にしろ、ここで死んでいいって言うのか？　それが本当にお前の願いか？」

「わたくしの願い……ですか。――もうすべては終わりです。時間がありません。早くわたくしを殺して、あなたはお逃げください」

「そんなことを聞いてるんじゃない。お前の心からの願いはなんだと聞いているんだ。こんなところで死にたいのか⁉」

「わたくしは――わたくしの願いは――」

その時だった。

メキメキメキと木々の枝を折る音がしたと思ったら、一七八センチある俺より二倍以上高い巨大な男が現れた。全身が岩のような肌に覆われ、足や腕は俺の胴より太かった。

手には車ぐらいもある巨大なハンマーを持っている。

岩巨人とでもいった風体。

そいつは女騎士を見ると汚らしい笑みを浮かべた。

「げへへ……久しぶりに、なぶりがいのありそうな女じゃねぇか。武器は使わず、肉体だけでお前を穴だらけにしてやるぜぇ、げへへ」

女騎士が、悲しげな顔をして叫ぶ。

「ああっ！　逃げてください、旅の方！」

「だから俺のことはどうでもいい。お前の望みを言え！」

しかし女騎士は青い瞳に涙を溜《た》めながら俺の体を押した。

「お願いです！　あなただけでも生きてください！　いつか、いつの日か、勇者さまが現れて魔王を倒すその日まで、生き延びてください！」

「そんな日はこねぇよ！　ぎゃはは！」

バカにした笑い声を高らかに上げて、岩巨人が一歩一歩と広場を踏みしめて歩いて来る。

そして俺たちの傍まで来た。

近くで見ると本当に汚い岩巨人が、俺を見下ろして言う。

「んん～？　貴様はなんだ？　なにをしてる？　お前も生贄かぁ？」

「すまんな。今この女と話してる。……お前は少し待ってろ」

俺はチラッと見ただけですぐに女騎士に目を戻した。

女騎士は子供がイヤイヤをするように首を振る。涙が辺りにキラキラと散った。

「逃げてっ！　わたくしが襲われている間に――」

「お前ってやつは……」

俺は呆《あき》れと驚きで感心していた。

――今まさに殺されようとする、こんな状況になっても、自分じゃなく相手を気遣うのか……。

光属性に生まれついただけではない、本当に心から優しい娘なのだと理解した。

すると岩巨人が森を揺るがす怒声を発した。驚いた小鳥が数羽、青空へと飛び立つ。

「てめぇえ！　何者かしらねぇが、この魔王直属四天王の一人、グレウハデスさまを無視すんじゃねぇぇぇ!!　死ね！」

岩巨人は巨大なハンマーを振り上げた。

それだけでハンマーの影の下に入り、陽光が遮《さえぎ》られた。

「ああっ、逃げて――ッ！」

女騎士が華奢な腕で俺を押した。必死で庇《かば》おうとしながら目を瞑《つむ》る。長い睫毛《まつげ》の端から流れた切ない涙が、白い頬をなだらかに伝う――。

ドゴォッ!!

ハンマーによる強烈な衝撃。

風圧で地面の土が舞い上がり、供物の酒瓶が転がった。

唐突に訪れる静寂。

ぎゅっと目を閉じていた女騎士が、恐る恐る目を開け――そして驚愕《きょうがく》で青い瞳を見開く。

岩巨人も驚きで細い目を見開きつつ、腕の筋肉を盛り上がらせて全身をぶるぶると震わせていた。

全力を出しているのがうかがい知れる。

「な、なにぃ!?」

そんなやつの無駄な努力を、俺はしっかりと止めていた。

――指一本で。

やつを下から睨み上げ、低い怒りの声を発する。

「……少し待ってろ――と言ったはずだが？」

きらめくような鋭い眼光。神の威圧。

「ひっ……！」

岩巨人は、とっさに後ろへと飛んだ。恐れすぎたのか広場の端まで後退する。

俺は女騎士に向き直って優しい声で言った。

「さあ、言ってみろ。お前の本当の願いを。今なら何でも聞き届けてやる」

女騎士は驚愕で目を見開いていたが、俺の言葉に端整な顔をふにゃっと崩した。

「うぇぇ……お……です。た……くだ……い」

「なんだっ！　聞こえん！　もう一度！」

その時、広場の端まで逃げていた岩巨人が、激昂《げきこう》して走り出す。

「お、おかしな技を使いやがってぇぇぇ！　絶対、許さんぞぉ!!」

どどどと土埃《つちぼこり》を舞い上げて向かってくる。

女騎士はもう一度言う。

「たす……く……。もっと、い……たい」

「もっと大きな声で！」

俺が怒鳴ると、女騎士は体をくの字に折り曲げて、涙を散らして全力で叫んだ！

「お願いです、助けてくださいっ！　もっともっと生きたいですっ！　うわぁぁん！」

女騎士は顔をくしゃくしゃにして泣く。

「よく言った。ただし供え物はいただくぜ」

そう言って俺は、彼女の目の下にたまる涙を指先ですくった。

そして、ふっと顔を緩めて微笑《ほほえ》んだ。

右手で腰の太刀を素早く抜き払いつつ、高らかに宣言する。

「汝《なんじ》の願い、聞き届けた！　我が名は蛍河比古命《けいかひこのみこと》！　必ずや望みを叶えよう！」

抜き放った太刀の上に、拭《ぬぐ》った涙を滑らせるように塗り付ける。

刀の刃紋が青く輝く！

駆けてくる岩巨人がハンマーを振り上げた。

「しゃらくせぇ！　もう何をやっても遅いんだよ――《死重圧轟鎚《インパクトデスプレス》》!!」

ブゥンッと風を切って振り下ろされる巨大なハンマー。

振り下ろす速さに柄が弓のようにしなる――。

俺は立ち尽くしたまま、無造作に太刀を持つ。

「蛍河比古命の名に従う、神代の時より流れしあまたのせせらぎよ、一束に集まり激流と成せ――《魔鬼水斬滅《まきすいざんめつ》》！」

――ギィイッ、ズゥアアンッ!!

鈍い音と、肉を断つ音が広場を満たして、耳を打つ。

俺は太刀を無造作に振り下ろしていた。

目の前の岩巨人はハンマーを振り下ろした体勢のままで固まっていた。
汚い目から急速に光が失われていく。
「な、なぜ……なんで……」
ぽとっぽとっと小さい物が地に落ちる。灰色の芋虫のようなもの。
それは巨人の指だった。
ガランッ!
大きな音を立ててハンマーが落ちる。
その衝撃で、ハンマーの胴も柄もばっくりとまっぷたつに割れた。
そして。
ブシュウ――――ッ!
岩巨人の後ろに一筋の血しぶきが上がった。
頭から股間まで真っ二つになったため、ズレながら倒れこんでいく。
ズゥン……ッ。
一番重い音を立てて、岩巨人は倒れて死んだ。
俺は太刀を振って血を払った。
「弱すぎて話にならんな」
それから広場の片隅、ぺたんと座り込んでいる女騎士に近寄った。
無造作に一閃《いっせん》。

キンッと甲高い音が鳴り、首輪と鎖が粉々に砕けた。女騎士の周囲に散らばる。

ゆっくりと太刀を鞘《さや》に収めた。

拘束が解けたというのに、女騎士の様子がおかしかった。青い瞳を呆然《ぼうぜん》と見開いたまま動かない。

「大丈夫か？」

俺は赤い唇を可愛《かわい》く開いている女騎士にさらに近寄った。

すると、いきなり俺の服を掴《つか》んできた。

ぐいっと引き寄せられる。

女騎士は俺の腹に抱きつくなり、嗚咽《おえつ》を上げ始めた。

「しゃ……さまぁ……ゆ……さまぁ」

「な、なんだ⁉」

「勇者さまぁ、勇者さまぁぁあああ！　――お待ち申し上げておりました、勇者さまぁっ‼」

彼女は火が付いたように泣き始めた。俺の腹に顔を押し付けて、子供のように泣きじゃくる。

「お、おい――」

引き離そうとしたり、立たせようとするが、彼女は子供のようにイヤイヤと首を振って、ただ、ただ声を上げて泣き続ける。

勇者さま、勇者さまぁと口にしながら。

どうにも離れてくれそうになく。

俺は空を見上げて、はあっと溜息を吐くと。

しばらく泣かせるに任せたまま、彼女の艶《つや》やかな金髪をぽんぽんと優しく撫《な》で続けた。


真上から温かな日差しの降る昼。

森の広場の片隅で、金髪の女騎士——セリィはようやく落ち着いた。

それでも青い瞳は涙で潤み、細い指先はしっかりと俺の和服を掴んでいる。

逃がす気はないらしい。

彼女は上目遣《うわめづか》いで甘えるような声で泣く。

「ぐすっ。……ゆうしゃさまぁ」

俺は困ってしまって吐息を漏らした。

落ち着いたみたいだし、そろそろ言ってしまおうか。

「あー、すまないが。俺はその、勇者とやらになる気はない」

「え……っ！　なぜですか！　こんなにもお強いですのにっ！」

「いや、あいつが弱すぎただけだろう。……なのでお前の願いはもう叶えた。帰らせてもらう」

「何を言うんですかっ！　あの化け物はこの辺り一帯を支配する魔王四天王の一人ですよ！　並のものでは触れることすら叶いません！」

「まじでか。信じられないな」

俺は《真理眼《しんりがん》》で広場の中ほどに倒れる岩巨人の死体を見た。

ステータスが浮かび上がる。

【ステータス】

名　前：グレウハデス

性　別：男

年　齢：283

種　族：岩魔人族

職　業：魔王軍東方部隊総司令官

クラス：豪魔戦士Lv99　司令官Lv3

属　性：【黒闇】

【パラメーター】

筋　力：900

敏　捷：850

魔　力：288

知　識：014

幸　運：040

生命力：8750

精神力：１５１０
攻撃力：５３００
防御力：３４５０
魔攻力：０５７６
魔防力：００２８

【スキル】
振り下ろし：単体に大ダメージ
　地割れ：単体ダメージ＋範囲足止め
　爆風撃《ストームダウン》：範囲攻撃
爆砕鉄鎚《ブレイズウェーブ》：範囲＋火ダメージ
死重圧轟鎚《インパクトデスプレス》：範囲即死攻撃

全能守護《マイティガード》：物理攻撃＆魔法攻撃を無効

叩き落とし：武器を落とさせる
武器破壊：確率でどんな武器でも壊す

死んでいるので装備が外れている。

しかしまあ、こいつはあれだな、攻撃と防御に特化したタイプだな。

魔防が28しかないので、本来は魔法で倒すらしいが。

――弱い。

こんなので幹部になれるとか。

まあ人間よりは、はるかに強いけど。

ただスキルの説明を読むに、【マイティガード】は攻撃できない代わりに物理と魔法の直接攻撃を絶対に防ぎ、【武器破壊】は確率で相手のどんな武器でも破壊するらしい。

この二つを使われてたら、ちょっとだけやばかった。ちょっとだけ、な。

まあ、そういう細かい戦術を使わせないために挑発をしていたというのもある。

どの道、俺が勝ってただろう。

それに弱いことに変わりはない。

なぜなら――俺は自分の手のひらを見た。

俺のステータスが浮かび上がる。

【ステータス】
名　前：蛍河比古命《けいかひこのみこと》

性　別：男
年　齢：？
種　族：八百万神《やおよろず》
職　業：神
クラス：剣豪　神法師
属　性：【浄風】【清流】【微光】

【パラメーター】
筋　力：5万1000（＋1000）
敏　捷：7万1700（＋1700）
魔　力：9万1900（＋1900）
知　識：2万1200（＋1200）
信者数：1

生命力：61万3500
精神力：56万5500

攻撃力：10万2000

防御力：14万3400
魔攻力：18万3800
魔防力：4万2400

【装　備】
武　器：神威の太刀　攻2倍　魔攻2倍
防　具：神衣の紺麻服　防2倍　魔防2倍
　　　　神木の下駄　行動時敏捷《びんしょう》2倍　鼻緒が切れない　勝手に脱げない
装身具：水守のひょうたん　たくさん水が入る　腐らない

文字通り桁《けた》が違う。

だからこそ圧勝できた。

これでも神では最低水準なんだけどな。

見てのとおり神にレベルはない。あるのは信者数のみ。

信者一人一人の能力値が神の能力値に加算される。

――お。

信者が一人増えてる！　早速セリィが信者になってくれたのか。

それに、やはりセリィは処女だった。【光属性】の清らかな乙女《おとめ》が信奉した場合、その女の能力値が百倍になって加算される。光以外の処女は＋１００。その他の男女は＋10。

だから悪い神は、よく生娘を生贄に寄こせ、と要求するのだ。

ちなみにアマテラスのやつは能力値一億を超える。

イエスやブッダにいたっては十億超える。

やつらの前では俺なんて蝿《はえ》に等しい。

俺はセリィを見て言った。

「やっぱり弱いぞ。お前たちだけでも勝てない相手じゃない。他の魔王軍のやつらもそうだろう。

……まあ頑張れ。俺は帰る」

「そ、そんな……じゃあ、あなた様は勇者にならずに、いったい何になられるおつもりですか⁉」

「何って——そうだな……俺は神になりたいな」

俺は冗談のつもりでそう言った。

——もう、なれるわけがないのだから。

ところがセリィは可愛く首を傾げたあとで、すぐに「ああ」と笑顔になった。

「神？　勇武神のことですねっ！」

「ゆうぶしん？」

「違うのでしょうか？　勇者として多大な功績を上げた者は、死後、神として祀《まつ》られるではないですか」

「えっ！」

俺は驚きの声を上げた。上げるしかなかった。

勇者として頑張れば神になれるだと――!?

「た、例えばどんなやつ――勇武神がいるんだ?」

「えっとですね……海の魔王と呼ばれたメテオホエールを筆頭に、数々の海の魔物を倒して海を人の手に取り戻した勇者ラザン。今でも海の守り神としてあがめられてます。ほかには勇者ジャレッドは魔王軍との戦いにおいて戦略を駆使して何度も打ち勝ち、戦神としてあがめられてます。ほかには……」

セリィはあと五人ほど勇者の名前を挙げた。

聞くたびに俺の頬が緩んでいった。

だってそうだろう。

俺にも、できそうなものばかりだったから。

あんな弱い魔物倒しまくっただけで神になれるんだから、たやすいものだ。

日本で頑張るより百倍簡単だ。難易度イージー。

しかも勇者として頑張るだけならこの世界の神が作ったルールに抵触しないはずだ。

――たぶん。

いや、先に了承取っといたほうがいいな。ダメなら高天原に帰ればいいだけだし。

青い瞳を輝かせて歴代勇者を語るセリィを遮って尋ねる。

「この国ではどんな神がいるんだ?」

「え？　あ、はい。神様はいっぱいいますが……」

お、多神教か。一神教じゃなくてよかった。

しかしセリィは様子をうかがうように下から見上げてくる。

「世界のどこにいても主神六柱は変わらないと思いますが……」

そうか！

神の姿が見える上に直接話し合えるから、地球のように国や地域によって違う神が生まれるなんてことがないのかっ！

やばいやばい、と内心焦りつつ言った。

「あ……ああ、少し遠い田舎《いなか》から飛ばされてきたんでな。この国ではどうなのかと思ってな」

俺はなんとか誤魔化《ごまか》した。

セリィは小首をかしげながらも教えてくれる。

「今いるダフネス王国では、ヴァーヌス教が一番信奉されてます。次に農業を司る大地母神ルペルシアさま、南の海岸地域では船と漁の大海神リリールさまが、あとは大空神アドウォロスさま、太陽神ソラリスさま。隣の国では鍛冶の火神カンデンスさまが一番信奉されてます」

「なるほど。それで六柱いるな」

「ただヴァーヌス神さまだけは、五柱のあとからきた神とされています。魔物を倒して人々を守る神として降臨されました。勇者を遣わされてるのもヴァーヌスさまの御心とか」

「ふぅん――いろいろあるんだな。もう少し、神や勇者について教えてくれ」

「はい、お任せくださいっ」

セリィは流れるような言葉で神話や勇者譚《たん》を語った。よく覚えてるなと感心する。頭がいい子らしい。

俺はその間に、神の間で会話するための《心話《しんわ》》——いわゆるテレパシー的なもので連絡を取った。

……しかし！

誰《だれ》もいない！　呼びかけに答えない。眠りについてるか、この世界から去ったか。

どちらにせよ神が見守っておらず管理放棄されてる世界なら、異界の神が好き放題したって構わない！

念のため街の神殿でいるかいないかの最終判断はするつもりだが、おそらくいないだろう。

俺は顔がにやけるのを必死で堪《こら》え、ぐっと奥歯を噛み締めて決意する。

——せっかくこんなイージーモードな世界へ来たんだ！

俺は、この世界で人々に愛される神になってやる‼


セリィはまだ語っていた。今は神と勇者の英雄譚。話に入り込んでいるのか、金髪を揺らしつつ夢見る乙女のように活躍を語っていた。ちょっと可愛い。

静かな広場に鈴のような美しい声が響き渡る。

その彼女の薄い肩に手を置く。びくっと緊張で身を硬くしたのが手に伝わってきた。

俺は詐欺師のような微笑みを浮かべて言う。

「セリィ。さっきのは冗談だ。——俺は勇者に、いや勇武神になってやる!」

「ほ、本当ですか! ありがとうございます! さすが勇者さまですわっ」

セリィはぎゅっと抱きついてきた。腕や足は華奢で柔らかいものの、銀の胸当てが結構痛かった。

苦笑しながら彼女の頭を撫でる。

「お前って意外と大胆だな」

「そ、そんなことないです……勇者さまだからです」

セリィはそっと体を離すと、なだらかな頬を染めて俯《うつむ》いた。

俺は真顔になって言う。

「ただし一つ条件がある」

「な、なんでしょう?」

「俺のために、いつまでも清い身でいるんだ」

「えっ⁉」

俺はセリィの細い顎を指先で持ち上げて言った。

「できるな?」

セリィは耳まで顔を赤くして青い瞳を潤ませている。

「……はい。勇者さま。わたくしは、あなたさまに、この身をささげます」

「いい心がけだ」

俺が手を離すと、セリィは切ない声で「はぅっ」と呟いた。

俺は腕を組んで悩みながら言った。

「それにしても勇者さまはやめてもらいたいな。う～ん、そうだなセリィ。ケイカと呼んでほしい」

「わかりました、ケイカさま……って、わたくし、自己紹介しましたでしょうか？」

「あ！　……ああ、名前は言ってた」

「そうでしたか。ではあらためて紹介させていただきますね。わたくしはセリィ……です。騎士です。北西の生まれです……以上、です」

歯に物の挟まったような言い方。

広場の上を奇怪な鳥が、ギエーギエーとバカにしたような鳴き声を上げて飛んでいった。

俺は半目になってセリィをにらむ。

「ああ、そうなのか。勇者さま、勇者さまとおだてながら、結局は隠し事をするんだな」

「うぅ……ごめんなさい、ケイカさま。その、家庭の事情が……」

「まあ、なんとなくわかるよ。高貴な身分なんだろう？」

「ど、どうしてそれを！」

「まあ、装備とかでなんとなく、ね。高い能力の装備をわざと弱く見せかけていたから」

「さすがです、ケイカさま」

そう答えるセリィの声は敬意の念で満ちていた。

しかし俺は、う～んと唸《うな》ってしまう。

本当の理由はステータスを直接見たからだった。

騎士としてはLv5だったが、正体不明の職業とクラスがあり、それがLv17だった。年齢も17。

つまり年齢で自動的に上がっていく職業とクラスだと思われる。

それはもう王女や王妃など、生まれ持った血筋に関わる職業でないとおかしかった。

——しかも五文字。おそらく『プリンセス』だろう。

逡巡《しゅんじゅん》するセリィに微笑みかける。

「まあ、いろいろな事情があるし、話も長くなりそうだ。それよりもまずは勇者にならなくてはな」

「はい、ケイカさま……近いうちに必ず、お話しします」

「わかったよ。それで、俺は遠いところから来たばかりでこの国の仕組みがわかっていないんだが、どうすればいい?」

「勇者になるにはまず、勇者試験を受けてダフネス国王から認定してもらい、勇者のメダルを手に入れなければなりません」

「なるほど。勝手に名乗っては意味がないのか。まあ、そりゃそうか。神にまでなれるんだし。

——その試験はどこで受けられる?」

「ダフネス王国の王都クロエで受けられます」

「よし。まずは王都へ行こう」

「はい。ご案内します」

セリィが先に立って歩き出す。腰までの金髪が豊かに揺れる。

しかし、彼女の凛《りん》と伸ばした背中へ向かって俺は呼びかけた。

「ちょっとまて。この森を歩いていくのか？」

「はい？　そうですが――あ！　四天王の首を持って行かれますか？」

彼女は頬に手を当てて、何気なく小首をかしげた。そういう仕草《しぐさ》が意外と可愛い。

それは置いといて。

俺は少し考えた。

四天王の首を持っていけば、表面上は厚遇されるに違いない。

しかし『咎人』などというシステムを国家制度に組み込んでいる相手だ。

この魔王は想像以上に狡猾《こうかつ》で残忍に違いない。

うかつに目立つことをすると魔王に目をつけられることになる。

裏から手を回されて勇者試験で落とされる……なんて可能性も否定できない。

また魔王自ら俺を処分に来る――なんてこともありうる。

もちろんそうなったら簡単に倒せるだろう。

――しかし。

はたして魔王を倒しただけで皆にあがめられる神になれるだろうか？

さっきのセリィの話を聞いていて思ったが、苦労に苦労を重ね、困った人々をコツコツと助けているからこそ、最終的に人々の支持を得られたのだ。

人間は忘れやすい。

三年たてば恩など忘れる。

そうさせないためには、何度も何度も恩を売らなくてはならない。

俺が日本で失敗した最大の理由がそれだった。

名前をコツコツ売ることをしなかった。

千里の道も一歩から。

やはり、同じ間違いは避けるべきだ！

俺は首を振って言った。

「首を持っていくのはやめておこう。まだ勇者ではないものが成果を挙げたら、いらぬ疑いをかけられる」

「そ、そうですか……ケイカさまがそう言われるのでしたら」

「それに呼び止めたのは、違う理由だ」

「なんでしょう？」

「この森は広大だぞ。食料が手に入らない可能性もあるから、ここにある物を持っていこう。どうせやつは死んだのだから」

するとセリィが、ぱあっと顔を輝かせた。

「そうですね！　すっかり忘れていました！　ついごはんは当たり前にある物と思ってしまって……。いえ、なんでもありません。では、持って行きましょう」

苦労を知らぬ王女様のような言葉だったが、俺は気付かないふりをした。

そして俺たちは食料を選んだ。

上級の食材や、日持ちのしそうな食材など。《真理眼《しんりがん》》で見れば簡単にわかった。

それから、ひょうたんの水筒にも水をたっぷりと補給する。

本当は魔法で一気に飛んでいくこともできたが、今は強いだけの人間としておきたい。

あと、彼女からこの世界のことをもっと教えてもらいたい。

それにはのんびりと歩きながらの会話が好都合だ。

それからグレウハデスの死体を魔法で溶かして処分した。あらぬ疑いを避けるため。

俺たちは供物の袋を鞄《かばん》代わりにして、数日分の食料を持った。

「準備はいいな?」

「はいっ、ケイカさまっ」

セリィは完全に信頼しきった晴れやかな笑顔で、俺に答えた。

そのまっすぐな心に気後れしつつも、俺とセリィは深い森の中を楽しげに会話しながら歩いていった。

二章　異世界式歓迎

夕暮れ時。西の空が赤く色付いている。

俺《おれ》たちは森の中で何度か野宿をして、ようやく広大な森を抜けた。

歩く間にいろいろと教えてもらった。

この世界と各国の地理、歴史、神々。そして魔王の脅威や勇者制度について。

今は王都のある南へと向かっている。

ただ俺は彼女が考えている以上に、魔王の手が伸びているなと感じていた。

百年以上、真の勇者は現れていないらしい。

強い勇者は何人もいたが、全員魔王の返り討ちにあったそうだ。

さすがにおかしい気もする。倒せない理由があるのかもしれない。詳しく調べてみる必要がありそうだった。

二人並んで雑草の揺れる平原の小道を歩いていく。

セリィは疲れなど見せずに、俺の横を楽しそうな微笑《ほほえ》みを浮かべて歩いている。

なだらかな白い頬《ほお》が夕焼けに照らされて赤く染まっていた。

「元気だな、お前」

「はいっ。勇者さまとこうして並んで歩けるだけで、わたくしは幸せですっ」

セリィは頬に手を当てて、身をよじった。華奢《きゃしゃ》な肢体が強調される。

俺は呆《あき》れて首を振るだけだった。

日の落ちかかった頃《ころ》、小さな村へとたどり着いた。

五十軒ほどがぽつぽつと点在する村。

セリィが思いつめた表情で言った。

「今日はこの村に泊めてもらいましょう」

「ああ、任せるよ……しかし、大丈夫なのか？」

言外に咎人《とがびと》とばれるのではないかと含めた。

セリィは首から提げたペンダントをギュッと握り締めて言った。

「小さい村だから、きっと大丈夫なはずです。——それに、ケイカさまにこれ以上、野宿なんてさせられません」

「別にいいけどな……それに宿屋もなさそうだ」

日本《にほん》にいた頃は神社を失って以降、ずっと野宿みたいなものだったから。

セリィは大げさに元気な声で言った。

「こういう村の場合は、村長の家にお願いして泊めさせてもらうのが一般的です」

「なるほど」

「納屋になってしまうかもしれませんが……」

「雨露さえしのげれば問題ない」

「はい、わかりました」

セリィは緊張した足取りで、村の真ん中にある一番大きな家へと向かった。

俺はのんびりとその後を付いていった。


村長の家は二階建ての意外と大きな屋敷だった。役所的な雑務も兼ねているのかもしれない。

そんな屋敷の食堂で村長と会った。

白髪に白髭《ひげ》を蓄えた、とても優しそうな老人だった。

彼は目を細めて歓待する。

「いやぁ、よく来てくださいました、旅のお方。さあさあ、今から夕飯ですじゃ。どうぞ遠慮なく召し上がってください」

「急な訪問ですのに、お邪魔してすみません」

セリィが優雅に頭を下げた。金髪がふわっと垂れる。

俺も彼女を見習って挨拶《あいさつ》した。

「泊めていただきありがとうございます。食事まで世話していただいて何と言ったらよいか」

「いえいえ。見たところ、冒険者のご様子。魔物を退治してくれるだけでありがたいですじゃ」

目尻《めじり》に深いしわを寄せて村長は笑う。

しかし、神の目は誤魔化《ごまか》せない。

心から笑っていないのがうかがえた。

「ささ、どうぞ。粗末な物ですが冷めないうちにどうぞですじゃ」

村長は食事を勧めてくる。

テーブルには木の器に入れられた、粗末なパンと肉片の浮いたスープ。おいしそうな湯気が立っている。

温かい食事は久しぶりのため、セリィが目を細めて喜んでいた。

俺は壁に掛かる女性の肖像画を見ながら尋ねた。

「あれは誰《だれ》ですか？」

「ああ、あれはですな、昔この村を呪《のろ》いの疫病から救った聖女さまの肖像画で――」

「――《解毒《げどく》》」

村長の目が離れた隙《すき》に、口の中で呪文《じゅもん》を唱えた。

一瞬、俺とセリィのスープが光る。

――やはり毒が入っていたか。

それから食事を開始した。

パサパサのパンをスープにつけながら食べる。

シンプルな塩味だが、肉の旨味と脂が出ていて悪くない。具の少ないポトフに似ている。

横を見れば、セリィが美しい指先を優雅に動かしてパンをちぎっては食べ、スプーンですくって食べている。細いのどが上下する。

まったく疑いもしていない振る舞いだった。

俺の視線に気付いてセリィが首を傾《かし》げた。

「どうされました？」

「いや、なんでもない」

俺はまたパンとスープを食べ始めた。

◇　◇　◇

夜。

屋敷の奥にある窓のない部屋に案内された。ベッドが一つと、藁《わら》の束《たば》にシーツを被《かぶ》せたものがある。

扉だけが油を差されていて新品のように新しかった。

「俺が藁で寝るよ」

「そんな。ケイカさまがベッドをお使いください」

「いや、ぐっすり寝るわけにはいかないんでね。ちょうどいい」

「え？」

「それより荷物はまとめておいてすぐに出られる用意をしておくんだ」

「わかりました」

セリィは不審そうな顔で俺を見たが、逆らわずに従った。

そのあとは家の人に頼んで水を使わせてもらった。セリィは部屋で体を拭《ふ》いたが、俺は頭から浴びたいからと頼んだ。

中庭の井戸で水を汲《く》み、手足を洗って体を拭いた。

頭から被る。無造作な黒髪から水が滴る。冷たくて目が冴《さ》える。

夜空はたくさんの星々が散らばり、美しかった。

しかし明るい月が見えない。残念な気もするが、ちょうど良いとも言えた。

けれど俺はただ水を浴びただけではなかった。

部屋への行き帰りの間、屋敷の間取りを覚えながら戻った。

そして寝た。


深夜。

明かりの消えた真っ暗な部屋。

藁束の上で横になっていた俺は、気配を感じて目を開けた。

セリィの深い寝息が規則正しく聞こえてくる。

俺は意識を集中した。

廊下や庭に忍び足の音。ただかすかな震動までは消せていない。

喋《しゃべ》っているようだがさすがに聞こえなかった。

「――《多聞耳《たもんみみ》》」

周囲の雑音が耳に流れ込んでくる。遠くの音を聞く魔法だった。

男たちの声が聞こえる。

「寝たか？」

「寝た寝た」

「本当に咎人か？」

「水晶球が赤く光った。間違いないのじゃ」

これはしわがれた老人の声。

中年の男が尋ねる。

「起きはしないか？」

「魔物用の眠り薬だ。一度眠れば明日の朝までぐっすり、さ」

これもまた老人の笑いを含んだ声。

年配の男の声。

「よし。誰か街まで言って警備兵詰め所に――」

「まあ待て。兵士を呼んだら手柄が奪われる」

「しかし強そうな冒険者だったぞ」

「寝ているんだろう？」

「そうだが……」

「俺たちで捕まえて引き渡してしまおうぜ」

廊下にいる男の数は五名程度。村長がいる。

屋敷の表に十人ほど。こちらは帯剣や鎧《よろい》の金属音がする。武装しているようだ。

ただ会話の流れが予想とは違っていた。

流れ者を殺して金品を奪う強盗村かと思っていたが、どうやらそうではないらしい。

疑問に思っていたら男の一人が含み笑いをして言う。

「あんなべっぴんの『咎人《とがびと》』だ。大金貨十枚にはなる。ひょっとしたら聖金貨だって……」

「んだな」

妙に荒い息をして尋ね出す男。

「な、なあ……詰め所へ持って行く前に、その、おらたちだけで……」

村長が小声で叱咤《しった》する。

「ばかもんっ、咎人と関係を持ったら、それだけで一家皆殺しだぞ。村も呪われる。あの疫病の恐ろしさを忘れたかっ！　絶対に手を出してはいかん」

「ちっ、わかったよ」

俺は内心舌打ちした。

――狙《ねら》われたのはセリィかっ。

セリィは大丈夫だと言ったが、すでに村は咎人を判断するアイテムを所持していたらしい。

ちなみに咎人判定は頻繁に行われるものではなく、生まれたときや、よそ者がやってきたとき、神職に就くときなどだそうだ。

今回はよそ者だったからばれたのだろう。

それにしても、どうせ殺すだけなのに手を出したらいけないとは。

おそらく、子供ができるのを恐れていると思われる。

光の子はより大きな光を持って生まれてくる可能性があるからな。

というか光の力を持つ咎人の女は全員、清い身なのか。

勇者になったら優先的に助けよう。

——と。

誰かが扉に手を掛けた。すうっと音もなく開いていく。

若者四人が先に、村長が後から入ってくる。

二人がベッドへ、二人が俺へと。ロープを手に持って忍び寄ってくる。

間合いに入った瞬間、俺は飛び起きた！

ごっ、どすっ、と鈍い音が二つ。

「うっ」

「ぁ」

俺の右手が二人の腹を殴っていた。横隔膜を殴ると息が吸えなくなる。

崩れ落ちる二人を飛び越え、俺はベッドへ飛ぶ。

セリィを縛ろうとしていた二人を殴りつけて昏倒《こんとう》させる。

村長が驚き、叫び声を上げようとする。

「なっ、なん――ぐぅ」

俺の手のほうが早かった。

セリィを縛ろうとしたロープを投げて村長の首に巻きつけた。

「うっ、がっ」

鞭《むち》のように絡《から》みつき、村長は必死で縄を外そうと指を動かす。

俺は風のように動いて、村長の腹を、トンッと突いた。

「ぐ……」

その場に膝《ひざ》から崩れ落ちる。すぐに首の縄を解いてやった。

服を探って鍵《かぎ》を奪う。

あとはやつらの持ってきたロープで全員の口と手を縛った。


それから俺は荷物を持つと、ベッドで寝るセリィに近付く。

歩き疲れていたためか、今の物音では目を覚ましていなかった。

金髪を広げてお姫さまのようにすやすやと眠るセリィを揺すった。

「ん……あぅ……ケイカ、さま?」

「起きろ。逃げるぞ」

「ふぇ？　……あ、この人たちは⁉」

「咎人を捕まえて賞金を得ようとしたらしい」

「そ、そんな……申し訳ございません。わたくしのせいで……」

セリィは美しい顔を歪《ゆが》めて泣きそうになった。

俺は微笑んで頭を撫《な》でた。

「気にするな。俺が守ってやるから安心しろ」

「ぐすっ……ありがとうございます」

セリィを立たせて荷物を持たせた。

彼女の柔らかな手を握り、俺は部屋を出た。

そっと扉を閉める。

表には武装した村人がいるので裏へと向かう。そちらには普段使われていない扉があるのは調査済み。

間取りを覚えていたから明かりがなくても迷わず進む。

ひたりひたり、と素足で歩いていった。下駄《げた》は懐《ふところ》に入れている。

戦う気はなかった。逃げに徹する。

もちろん村人程度、戦えば瞬殺できる。

けれども武装した相手だと手加減を誤り、死人が出るかもしれなかった。魔法も使ってくるだろうからなおさら危険。
――日本にいた頃の俺だったら、我慢できずに村ごと土石流で押し流しただろう。
神への不敬だと言って。
でもそれじゃダメなんだ。同じことを繰り返したらまた神になれなくなる。
今は勇者になることが先決。
人殺しの汚名なんて背負ったら、勇者の資格を失う。
神となってチヤホヤされる生活が台無しだ。
ここは穏便に。怒るな、俺。
――まあ、勇者になった後は心置きなくお礼をさせてもらうがな！
俺は耳に集中しながら足音を殺して歩いていく。
家の中の気配。人の立てる押し殺した呼吸。
女子供は息を潜めてそれぞれの部屋にいる。
進路上に邪魔者はいない。
ただ気付かれるまで時間がない。
すぐ傍《そば》にいるセリィの息を殺した呼吸音が俺を元気付ける。
急ごう。
裏口まで来た。扉の前にはガラクタが置かれ、埃《ほこり》が積もっている。
俺は村長から奪った鍵で扉を開けた。

力を入れず、そっと押す――。

ギイィイイ――ッ！

夜の闇《やみ》に、いやに大きな音が響いた。

――しまった！

使われていないのだから、錆《さ》びていたに違いない！

屋敷の空気が一変する。ざわざわと声が響いてくる。

「音がしなかったか？」

「裏のほうだ」

「誰か見て来い」

足音が五つほど裏へと回った。

セリィがギュッと手を握り締めてくる。

「ど、どうしましょう、ケイカさま⁉」

「えええい、くそっ！　逃げるぞ！」

俺は悪態をつきながら外へ出た。

足音とは逆方向へ走る。

細い小道を駆け抜ける。

俺に手を引かれて走るセリィが遅れる。

――抱えて逃げるしかないか、神の速度で。

「セリィ、荷物を持ってくれ」

「は、はい！　ケイカさま！」

荷物を持たせせつつ、下駄を履いた。

そしてセリィを背中に背負った。

「ひゃっ⁉　ケイカさま⁉」

「じっとしてろ――急ぐぞ」

セリィを背負って駆け出した。

大きな胸が押し付けられてゆさゆさと揺れた。首筋に金髪がかかってくすぐったい。

全力で走るところを見られたら化け物呼ばわりされてしまう。

村人に見られる前に――。

だが、背後から叫び声が聞こえた。

「逃げたぞ！」

「あっちだ！」

振り返れば村人が数名追ってきていた。

――くそっ、もう見つかったか！

これで村人を通常の速度で振り切るまでは、神の力は使えなくなった。

俺はセリィを背負って逃げるしかなかった。

村を出てなだらかな平原を走っていく。

王都のある南へ向かって。

◇　◇　◇

見たことのない星空が広がる夜。

俺は平原の小道を南に向かって駆けていた。

王都を目指しつつ、村人の追跡を逃れるため。

このまま逃げ切れるかもしれない。

最悪、足を速める魔法を使えばいい。

ただ、人ではなく魔物と思われてしまう可能性が捨てきれない。

人の噂《うわさ》は広がるのが早い。特に悪い噂は。そうなったら勇者になれない。勇武神なんて絶対無理だ。

平原を駆ける。村から随分と離れた。

月がないため俺の逃げた方向はわからないだろうと思っていたが、村人たちは俺の方へまっすぐに向かってきた。

先頭の男は動物に乗っている。馬かと思ったが、正確に言えば脚の長い豚だった。

そいつが豚鼻をひくひくさせて匂《にお》いを嗅ぎながら追ってくる。

どんどん距離が縮まってくる。

——面倒な生き物だな。足も速いし、人が出せる程度の速度では逃げ切れない。

背中に負われたセリィが心配げな声で言う。

「大丈夫ですか、ケイカさま?」

「問題ない。軽くて助かったよ」

「あぅ……」

なぜかセリィは俺の首筋に甘えるようにもたれかかった。か細い息が掛かってくすぐったい。

よくわからないが今はセリィよりも、逃げる方が先決。

——と。

豚馬は二頭に増えたが、徒歩の村人は次々と脱落していった。

お、この状況は使える。

俺は心を決める。

——よし、豚馬に乗ったやつだけになったら倒そう。

で、豚馬を借りて楽々と王都まで行き、そのあとは魔法でも掛けて村へ返せばいい。

走るのにも飽きてきたから丁度いい。

そう決まると心が軽くなった。

平原を南へと駆けて王都を目指す。

豚馬に乗った村人が追いかけてくる。

時々「止まれ！」とか「逃げるな！」などと言ってるが無視。


それから三十分ぐらい経過した頃。

完全に豚馬だけになった。数百メートルぐらい後ろに来ている。


——そろそろいいか。


俺は立ち止まると、荷物とセリィを地面に下ろした。

「ケイカさま？」

「話をつけてくる。ここで待ってろ」

「わかりました。お気をつけて」

セリィは荷物を抱えて心配そうに言った。

俺は駆けてくる豚馬へとゆっくりと足を進めた。

和服の裾《すそ》がはためき、下駄がカラカラと鳴る。

数十メートル先にまで迫ってきたので、豚馬の背に乗る村人の姿がしっかり目に入った。

装備はロープとナイフだけで剣も鎧もなさそうだった。


——運がいい。


これなら太刀を使うまでもない。

俺は拳《こぶし》を握って指をぽきぽきと鳴らした。

村人が近付きながら叫ぶ。

「咎人め、覚悟しろ！」

「もう逃がさんぞ！　――うわぁ！」

突然、村人の一人が宙を舞った。頭から落ちて動かなくなる。

続いて二頭の豚馬がどおっと地面に倒れた。

村人が投げ出されて地面を転がった。

俺は驚いて思わず叫ぶ。

「なんだ⁉」

目を凝らした。闇に蠢《うごめ》く、真っ黒い何か……ミミズか？

腰を抜かした村人が、尻餅で後ずさりながら叫ぶ。

「ぐ、グールワームだぁ！」

ミミズがぐうっと頭をもたげた。胴回りがタンクローリーほどもある。体長は三十メートルぐらいか。頭の先に付いた丸い口には、ナイフのように鋭い歯がびっしりと並んでいた。

俺は目を細めて睨《にら》む。――《真理眼《しんりがん》》。

【ステータス】
名　前：グールワーム
属　性：【地】【闇】

攻撃力：０３００
防御力：０４００
生命力：３０００
自動再生：１０００

【スキル】
飲み込み：敵一体を丸呑《の》みする。
　粉砕：身を隠す岩や鎧ごと粉砕。
圧《の》し掛かり：体で押しつぶす。範囲攻撃。

強いだけじゃなく、硬い上に回復するらしい。
かなり厄介だ。
――まあ、俺にとってはこんにゃくも同然だけどな。
俺は駆け出しながら、腰に下げた太刀を引き抜く。
グールワームが尻餅を付いた村人を狙って頭から突っ込んでいく。【飲み込み】か！
「うわぁぁ！」
村人は頭を抱えて目を閉じた。

「でやぁ！」

俺は太刀を斜めに振り抜いた。

気合一閃《いっせん》――ッ！

ズァンッ！

グールワームの頭を切り飛ばす。

衝撃でグールワームの頭は向こうへ、胴体も後ろへ吹き飛んだ。

村人が驚きで目を開く。

「な、なにやってんだあんた、それじゃ、倒せない！」

「なに⁉」

振り返るとグールワームの胴体が立ち上がろうとしているところだった。もこもこと泡が沸きあがるように黒い肉が傷口を覆《おお》い、盛り上がっていく。

あっというまに頭を再生した。

さらに向こうへ斬り飛ばした頭は同じように、胴体を再生していく。

凄《すさ》まじい再現力。回復じゃなかったのかっ。

しかも魔力を感じない。通常の生物としての再生力らしい。

プラナリアかよ。ありえん。

「再生ってレベルじゃないだろ、これ……他《ほか》のやつらはどうやって倒してるんだ？」

するとセリィが少し離れた場所から叫んだ。

「ケイカさま、火です！　グールワームは魔法の火で燃やすしか倒す方法が無いのですわ！」

「なるほど」

俺は太刀を正眼に構えた。

それを見て村人が声を上げる。

「な、なにやってんだ、あんた！　剣では殺せない――」

「ちょっと黙ってろ……我が名に従う微風たちよ　激しく猛りて磨耗せよ！

――《風乱摩熱《ふうらんまねつ》》！」

太刀の刀身に激しい風が纏《まと》わりつき、ぼうっと淡い炎熱に包まれる。

グールワームが俺を見て鋭い歯の並んだあぎとを俺に向けた。

「キシャァァア!!」

「一丁前に鳴けるのか、こいつ」

「シャアアア！」

鋭い呼気とともにグールワームが頭から突っ込んでくる。

「ふんっ！」

俺は太刀を振るった。淡い光の軌跡を残して、グールワームを頭から胴体まで真っ二つにする。

ジュワァ――ッ！

辺りに肉の焼ける焦《こ》げた臭いが広がり、赤い燐光《りんこう》が散った。

俺は風と水の神。

火は出せないが、風によって空気を激しく揺り動かせば熱は生じさせられた。

熱とはつまり、粒子の激しい震動にほかならないから。

後ろで見ている村人が愕然《がくぜん》として声を震わせた。

「な、なんと！　高火力が必要なはず……」

言っている傍からグールワームが震えだす。真っ二つにされたものの、びくびくと動いたが断面は熱によって焼き尽くされ、再生できずにいた。

「きしぇぇぇぇぇ……」

グールワームの断末魔が響き、身をよじらせた。

そして動きを止めた。

草原に横たわる肉塊が蒸発でもするかのように、しゅうしゅうと煙を発して消えていく。

グールワームは死んだ。

村人が震えながら言った。

「あ、あんた。なにしたんだ……？」

「なあに。熱で断面を焼いただけさ」

魔力を使わない再生なら、火や熱に弱いだろうと思ったら大正解だった。

「……よ、よくわかんねぇが、あんたすげえな！　――あ！」

村人が向こうに目を向けた。再生を終えたもう一匹のグールワームが動き出した。

ズズズッと胴体が地面を這《は》う。

「あれもさっさと倒すか」

俺は、すたすたと近付いて、一匹目と同じように熱で焼き殺した。

それから俺は意識のある村人の前に戻った。もう一人は気絶したままだ。

「さて。俺はお前たちの命を助けてやった。わかるな？」

「あ、ああ」

「俺の強さも、当然わかってるな？」

「も、もちろんだとも」

村人はへらへらした笑いを浮かべてもみ手をする。

――うわぁ。こいつ全然信用ならねぇ。

このまま帰すと不利になることをべらべら喋りそうだった。

かと言って帰さないと俺が殺したことになる。

人殺しになると勇者になれなくなる。

夜風が吹いて、平原の雑草をさらさらと揺らしていく。

はぁ、と俺は溜息《ためいき》を吐《つ》くと地面に転がる小枝を拾った。

次に頑丈そうな草の茎を引き抜く。

その茎にそっと呪文を唱える。

「わが名に従うそよ風よ　切り裂く刃をここに封じよ――《疾風封刃《しっぷうふうじん》》」

それから茎を小枝に縛った。

村人の前に突き出す。

「この枝に巻いた草を取ってみろ」

「へぇ……………うわっ！」

茎を外したとたん疾風が生まれ、スパンッと小枝を切り落とした。

俺はもう一本、茎を引き抜いた。

ニコニコした笑みを浮かべて、村人の手を取る。

驚き戸惑っていた村人の顔が引きつる。

「お、おい、まさかっ！」

逃げようと動き出す一瞬の隙を突いて、茎を男の手首に巻き付けた。

村人の顔が泣きそうに歪む。

「うわあああ！　なんてことを！」

見ていたセリィが呟《つぶや》く。

「け、ケイカさま……それはやりすぎでは？」

「まあ、任せておけ」

俺は男のがっしりした肩に手を置いた。

「ひぃっ！　助けてくれぇ！」

「安心しろ。千切ったり外したり、あとは俺に不利になることを言ったら、そのときはスパンッだがな。それで、だ」

「な、なにをさせたいんだよぉ……！」

「何もしなくていい。このまま帰ってくれていい。ただ村長にはこう伝えるんだ『追いかけていた咎人と男はグールワームに飲み込まれた。ワームはそのあと逃げた豚馬を追いかけていったので俺は命拾いした』と言え。俺と咎人は死んだ、と」

「わ、わかったが、豚馬ってなんだ？」

「ああ、お前たちの乗ってたあの動物だ」

「ブーホースのことか」

「それだ。それでブーホースは二頭いるから一頭は借りるぞ。一緒に連れて帰ったら嘘《うそ》がばれるからな。あとで届けるから損はない」

「わかった」

神妙に頷《うなず》く男。

——よし、これで俺たちの安全に加えて、らくらく移動手段ゲットだぜ。

もう一度、俺は確認する。

「さあ、なんて言うんだった？　繰り返してみろ。でないと手首が——」

「言う、言うよ！　男と咎人がグールワームに食われた。そのあとブーホースを狙ったので俺たちは助かった。これでいいんだな？　……この草はいつ取ってくれる？」

俺は顎を撫でながら言った。

「俺は試験を受けて勇者になる。そのあと村にお礼しにいく。一ヶ月後ぐらいか」

「あ、あんた勇者になるのか……まあ、なれそうだな」

煙となって消えていくグールワームの死体をチラ見して村人は言った。

一応駄目元で嘘も言っておく。

「実はな。あそこにいる美少女の咎人。間違いで咎人になったんだ」

「え？」

「だからそれを訂正してもらうためにも王都へ向かっていたんだ」

「そんなことがあるのか」

「人間のすることだ。誰だって間違いはある」

「な、なるほど……」

村人は、うーんと考え込んだ。

俺に協力したらどれぐらい得か考えているらしい。

それから俺を見上げて言った。

「わかった。あんたに協力するよ。俺はベイリー。信じてくれていいぜ」

「ベイリー、助かる。勇者になったら会いに行くから、それまでは草を千切るなよ」

「ああ、わかってるさ」

その後、ベイリーは一頭のブーホースに気絶した一人を乗せて帰って行った。

まあ、手首に巻いたほうは呪文唱えてないから、外しても大丈夫なんだけどな。

味方がセリィしかいない異世界じゃ、保険の一つぐらいかけておかないと。

「さて、と」

俺は少し離れた場所にいるセリィへ近付いた。

夜風に吹かれて金髪がさらさらと流れている。

「お疲れ様です、ケイカさま」

「そう、だな」

俺は、じっとセリィを見つめた。そして考える。

――こいつを連れてるとまた同じ目に遭うな。

でも「助けてください。もっと生きたい」とセリィが願い、それを叶《かな》えると誓った以上、神として守らなければならなかった。大変なことになる。

というか、この歳《とし》になるまで咎人とばれなかったのは不思議でもあるが。

見つめ続けていると、セリィが急に悲しげな顔をした。

「ケイカさま……申し訳ありませんでした」

「何がだ?」

「やはり、咎人のわたくしが勇者になるお方と一緒にいては迷惑をかけてしまいます」

「気にするな。お前が悪いんじゃないからな」

とは言え、どうしたらいいか。

咎人のステータスを削るか?　でもなぁ。

さすがに、すでに記載された内容を【改変】するのは、この世界の神へ反抗することになってしまう。

神たちがいない以上ばれることはないと思うけど、できれば避けたい。

そもそもセリィの顔と名前が国側にばれているのかもしれない。

聞いたところによると勇者にさえなれば、咎人をどうするかの裁量を得られるらしい。

じゃあ、それまでは変装させるか？

俺はセリィを眺めた。

赤いスカートに白いマント。人形のように細い手足。大きな胸が呼吸のたびに揺れている。

長い睫毛《まつげ》になだらかな頬。波打つ金髪と白い肌が夜の闇に光って見えた。

……綺麗《きれい》だな。隠すのはもったいない。

それに、気ままに振る舞うセリィが一番輝いて見える。自由でいて欲しい。

――やるしか、ないか。

ついでにプリンセスに戻してやるか。

俺は彼女の青い瞳《ひとみ》を覗《のぞ》き込んで言った。

「セリィ、咎人じゃなくしていいか？」

「え？」

「そして、隠された能力を引き出してやりたい」

「えええ⁉　そんなことができるのですか⁉」

「ああ、できる。――ただ、その結果どんな事態になるかわからないが……」

ここは異世界だ。地球とは違う。

どんな違う法則が働いているか、さすがの神でもわからなかった。

しかしセリィは飛びついてくる。

「お願いです、ケイカさま！　わたくしをもっと強くしてくださいっ！」

「いいんだな？」

「はい！　少しでもケイカさまのお役に立ちたいですっ！」

俺はセリィの華奢な肩に手を置いて、青い瞳を覗き込む。

「じゃあ、お前のすべて、俺に捧《ささ》げるか？」

「は……はいっ。ケイカさまぁ」

セリィは頬を赤くして大きな瞳を潤ませた。

俺は頷いて言った。

「いいだろう。じゃあ、服を脱いで横になるんだ」

「え⁉　ここで、ですか⁉」

「いやならやめてもいいんだぞ」

「わ、わかりました……そんな、初めてが……外でなんて」

セリィは耳まで真《ま》っ赤《か》に染めつつ、服を脱いでいく。

マントを脱ぎ、ブラウスを脱ぐ。大きな胸を片手で隠そうとしているため、柔らかく潰《つぶ》れていた。

草原を風が吹き、セリィの白い肌に掛かる金髪を揺らしていく。

「ああ、そこまで脱いでたら充分だ。あとは俺がやる」

「はう……や、優しくしてくださいね……」

セリィは赤いスカートだけの姿になると、脱いだ服を地面に敷いてその上に横になった。

闇を照らすような白い肌が美しい。手足が細く、腰がくびれている。

大きすぎる胸が重みで横に流れている。息をするたび、ふるふると震えた。

俺は彼女の横に座る。

「初めてだと痛いかもしれないが、我慢しろよ」

「あぅ……が、頑張ります」

俺を見上げるセリィの青い瞳は切なく潤んでいた。

俺はセリィの胸の谷間に手を置いた。あたたかい、すべすべした肌。なのに、雪のように純白だった。

彼女はビクッと華奢な肢体を震わせた。大きな胸が揺れる。

《真理眼《しんりがん》》を使う。

——さて、どう書き換えようか。

まずは咎人を町人にでもしておくか。

俺はセリィの胸や鎖骨を指でなぞる。双丘が柔らかく波打つ。

彼女は目を瞑《つむ》り、歯を食い縛って何かに耐えていた。でも堪《こら》えきれない甘い声が、んぅっ、と赤い唇の端から漏《も》れた。

職業を書き換えたが『＝＝＝＝＝Ｌｖ17』が表示されない。

ふと思いついて尋ねた。

「セリィはどうして騎士になったんだ？」

「え……？　子供の頃は強かったのもありますが、伝説的な格好よさに憧《あこが》れていたのかもしれません」

「なるほどな……セリィは騎士より魔法使いの才能がありそうなんだけどな」

セリィは眉《まゆ》を下げて悲しげな顔をした。泣きそうな声で言う。

「や、やはりそうだったのですか……これでも子供の頃は、力も強くて足も速かったのです……」

「だろうな」

セリィの能力値は『筋力6、敏捷《びんしょう》5、魔力3、知識4』が初期値。子供の頃は騎士や戦士のほうが向いてるように思えたはずだ。成長率が『筋力1、敏捷3、魔力4、知識2』で魔法の能力が高い。敏捷が高いから僧侶や神官でもよかったかもしれない。

――まあ、毒食わば皿まで。

特別な騎士にしてやるとともに、数値も騎士に合うよう書き換えてやろうじゃないか。

文句言ってくるような神はいないいんだし。

俺は彼女の華奢な体を触っていく。胸や腰のなだらかなラインを指先でなぞる。

セリィは、あぁ……と甘く切ない吐息を漏らした。肌がかすかにピンク色に染まる。

「痛いか？」

「だ、大丈夫です、頑張ります……」

はぁはぁ、とセリィの息が上がってくる。

俺は、数値を大きく変えるため、大きな胸を左手で掴《つか》んだ。

ぐにっと、指の間から零《こぼ》れて変形する。

「ひゃあっ！」

ビクンッとセリィが仰《の》け反《ぞ》った。掴まれてないほうの胸がたわわに揺れた。

顔を真っ赤にして恥ずかしそうに胸を隠すセリィ。

俺はその手をどけて揺れる胸を晒《さら》させつつ、彼女の顔を覗き込んだ。

「大丈夫か？」

「はぅぅ……いきなりなんて、そんな」

セリィが青い目に涙を浮かべながら、胸を掴む俺の手に手のひらを重ねてきた。細くしなやかな指が絡む。

なにかいじめているような気分になってくる。

「心配するな。すぐに強くしてやるから」

そう言うとセリィの動きが止まった。

細い腕を伸ばし、俺の和服の袖《そで》をつかんでくる。

「ケイカさまぁ……何をされているのですか」

「なにって、咎人と分からなくした上で強くしてるだけだが？」

「ふぇ⁉　……で、でも脱げって」

「他人の場合は直接触らないと変更できなくてな」

「そうだったのですか……」

赤く染めた頬を、ぷくっと膨らませて横を向くセリィ。

変なやつだ。

俺は目と指先に集中する。

「うーん。どう変えたらいいか……この隠れたＬｖ17をどうにかできればいいんだが」

「隠れた？」

言ってしまうか。

「お前、何か隠してるだろ？」

「う……それは」

「まだ言えないのか？　できればセリィの口から言って欲しい」

セリィは赤い唇をパクパクと可愛《かわい》らしく開けていたが、はふぅと溜息を吐いた。

彼女の体から力が抜けた。胸がゆるゆると動く。

「そうでした。ケイカさまはもう気付いていらっしゃるのですね……今まで黙っていて申し訳ありません。ケイカさまを疑ったり、信じていなかったわけではないのです」

「それはわかる」

「わたくしはエーデルシュタイン王国の王女です。本当の名をセリィ・レム・エーデルシュタインと言います。魔王に滅ぼされた小さな国。いつか魔王の支配を打ち破り、国を復興させることがわたくしの夢でした」

「な、なんだってー（棒読み）」

セリィは頬を膨らませて、ぱしっと細い腕で叩《たた》いてきた。それだけで胸が丸く円を描くように揺れた。

「白々しいことを言わないでくださいっ。王女に戻れないまま、こうして殿方に体を触られて……もう復興どころか、お嫁にもいけません」

セリィは指先で目を拭《ぬぐ》った。泣いているらしかった。

俺は胸から手を離し、頭を優しく撫でた。金髪が指先に柔らかい。

「行く必要ない」

「え？」

「言っただろ。俺のために清い身でいろと」

「はぅ……。い、今の状況、清い身なのでしょうか？」

「これは儀式だ。いやらしいことなどない――それに」

「それに？」

「俺が取り戻してやる。セリィの願いは『もっと生きたい』だったろ。王女が生きるためには王国が必要だろう」

「ああ……っ。ケイカさまぁ……」

彼女は涙目になりながら、切なく甘い吐息とともに俺の名を呼んだ。

よく見れば、湯上りのように顔や肌が上気している。熱でも出たのだろうか。

よしよしと頭を撫でてやる。ぐすっと鼻をすすり上げるセリィ。

「あとは隠してたことも気にするな。俺だってこの能力を黙っていた。勇者になるまでは知られたくなかったからな。つまりおあいこだ」

そう言うと、セリィは青い瞳に涙を溜《た》めながらも、花が開くように笑った。

「ケイカさまはなんて優しいんでしょう……出会えて本当によかった……」

「過去形で言うなよ。まだまだ道のりは長いぞ。あと、俺の能力、誰にも言うなよ？」

「はい、わかっております。ケイカさま」

セリィが細い顎をこくんと動かして頷いた。

「じゃあ、続けるぞ」

俺はまた改ざんに戻った。

――しかし、どうするか。

職業としての『咎人』が邪魔をしているためかとも思ったが、それなら『町人』に改ざんした時に『プリンセスＬｖ17』が復活してなければおかしい。

きっと国を失ったから王女のスキルが失われているのだろう。

その時、ピンッと閃《ひらめ》くものがあった。

「ひょっとしたら、これをこうすれば……」

俺は湯上りのように上気する滑らかな肌の上を、指先で触りつつ押した。張りのある柔らかい弾力が返ってくる。すべすべした肌をなぞる指先の動きに合わせて、セリィの肢体がぴくっと反応した。

【敏捷】を改ざんする時には、つま先から、ひざ、太ももへと指先を這わせた。黒いニーハイソックスに隠された、細い太ももの内側にまで手を入れる。しっとりと汗で湿っていた。

「くぅ……っ」

セリィの華奢な肢体が強張った。真っ赤な顔で指を噛《か》み、声を抑える。

俺は彼女の太ももの付け根辺りを指先で押す。円を描くように何度も。

そのたびに、華奢な肢体をこわばらせた。

しかし、ついには我慢できなくなったのか、か細い悲鳴に似た吐息を赤い唇から漏らした。

「あぁ……っ！」

「痛いか？」

「だ、大丈夫です」

はぁはぁと荒い息をしてセリィは答えた。頬が赤く染まっている。

「もう少しの辛抱だ」

「はぃ……ケイカさまぁ」

あとは【職業】を改ざんするため、金髪の中に手を入れて撫で、また細い首や白いうなじに指を這わした。

「こうして、こう――できた！　おお、数値が合算された！　喜べ、セリィ！　お前のために新しい職業を――」

その瞬間、上半身裸のセリィが淡い光に包まれた。驚いた彼女は、胸を隠すように押さえて上体を起こした。

「な、なんですか⁉」

「わからん！　なんだこれ⁉」

俺は急いでセリィを見た。

【ステータス】

名　前：セリィ［・レム・エーデルシュタイン］

性　別：女

年　齢：17歳

種　族：人間

職　業：町人（＝＝＝＝＝）

クラス：姫騎士Ｌｖ22（上級）

属　性：【風水】［光］

【パラメーター】

筋　力：90（4）　最大成長値375
敏　捷：68（3）　最大成長値290
魔　力：45（2）　最大成長値215
知　識：46（2）　最大成長値180
幸　運：23（1）　最大成長値051

生命力：790
精神力：455

俺は思わず叫んだ。

「増えてる！　二つ合わせて新しい職を作ってみただけなのに！」

「か、体に力が漲《みなぎ》ってくるようです！」

「恐ろしく成長したな……ん？　最大成長値が三桁《けた》になってるぞ？」

「どうされました？」

「騎士のときは能力の最大値が二桁だったんだが……」

「それが三桁に……そんなことってあるのですね。いったいなんの職になったのでしょう？」

「姫騎士Ｌｖ22になった。なんか上級って付いてるぞ。とても強いな」

セリィが口を手で押さえて叫ぶ。

「ひ、姫騎士⁉　伝説の姫騎士に、わたくしが⁉」

「なんだ。そういう職、実際にあったのか。てことは強引《ごういん》にクラスアップさせてしまったということだな」

基礎クラスが二桁、上級クラスが三桁になるのだろう。

セリィが裸体のまま、俺に飛びついてきた。その勢いで地面に押し倒された。

大きな胸がじかに押し付けられる。究極の柔らかさ。

「ケイカさまっ！　ありがとうございます！　わたくしは一生、ケイカさまのお傍にいますから！」

「そ、そうか……頑張ってくれ」

「この気持ち、本気ですからっ！」

セリィは、ぎゅうっと抱きついてきた。細い腕に、華奢な肢体。ますます膨らみが押し付けられる。金髪が垂れて、いい香りが鼻をくすぐる。

俺は彼女の白い肌を触り、金髪や背中を撫でた。

そして小ぶりなお尻に手を回して掴みながら言った。

「大胆になったたな」

「へ……？　きゃっ」

セリィは飛び跳ねて逃げるように離れると、敷いていた上着で前を隠した。

頬を染め、上目遣《うわめづか》いで俺を見てくる。

「ケイカさまはいじわるですっ」

「ほう。今のどこがいじわるだと言うんだ？　俺は何もしてないぞ？」

「うう……それは」

「だいたい俺のいじわるはこんなもんじゃないぞ？」

「え……っ？」

セリィが一瞬、顔に怯《おび》えを走らせた。

俺は膝立ちになって一歩近付く。すると彼女は体をすくませ、足を体育座りのように折り畳もうとする。

その細い足首を掴んで引き寄せる。

「きゃっ」

雑草を割って俺のほうに引きずられたため、赤いスカートがめくれ上がった。白い三角の下着と、すらりとした足が太ももの付け根まで見えた。

セリィは子供がいやいやをするように泣きべそをかいて首を振った。

「いやぁ……そんな……もう、変更は終わったのではないですか……？」

「だから、いじわるをする」

「そ、そんなぁ――――！」

足を割って入り、薄い肩を押さえ込んで彼女の上に乗った。互いの息が重なる距離。

セリィは何かを期待するかのように、ああ……っと甘い溜息を漏らした。白い肌が桃色に染まっている。

そして長い睫毛を伏せて、赤い唇を誘うように軽く開ける――。

俺はニヤリと笑うと、急にガバッと押さえ込んだ。

密着するように抱き締める！

「ひゃあんっ！」

セリィは可愛らしい悲鳴を上げて、柔らかな体を仰け反らせた。直接押し付けられた大きな胸が小刻みに震える。

そして、ふにゃっと華奢な肢体から力が抜けた。

「あれ？　セリィ？　お、おい」

揺すってみたが胸が揺れるばかり。人形のようにぐらぐらと揺れる。

死んだかと焦《あせ》ってステータスを見たら【状態：気絶】だった。

ほっと安堵《あんど》の息を吐く。

「……あんまり王女様をいじめるのはやめよう……たぶん」

裸のままで横たわる美しい曲線の肢体。

俺は地面に落ちた彼女の服を拾い上げて、ふにゃっと力の抜けたセリィに着せた。形の良い大きな胸が邪魔で、押さえるように着せるとよく震えていた。

そして長い睫毛を閉じて　頬を薄紅色に染める彼女を見ながら思う。

――国を取り返して王女に戻れたとしても【咎人《とがびと》】であることには変わりない。

もっと根本的に改革しないとな。

そのためにはまずは勇者になって実績を積み上げないと。

うん、と俺は頷くと、セリィの華奢な体を抱え上げた。

俺は傍で草を食べていたブーホースに荷物を載せると、セリィを抱えて鞍《くら》の上にまたがった。

腕の中の彼女は柔らかくて、とても頼りなく感じた。

その時、風が吹き抜けて平原の雑草を揺らしつつ、彼女の金髪をなびかせていった。

俺は王都目指して、ゆっくりと進んでいった。

三章

王都と試験と酒場の少女

アレクシルド大陸の南東に位置するダフネス王国は、豊かな平原が多く、農業が盛んだった。海に面していて漁業もおこなわれていた。

平原の真ん中、南北に流れる大河と東西に延びる交易路が交差する場所に王都クロエは存在していた。

高い外壁に囲まれた大きな街。街の中心には宮殿のように華やかな大きい城が見える。

川沿いの港には川船が何隻も泊まり、たくさんの荷物が上げ下ろしされている。

石畳の街路には人や馬車が行き交っている。豊富な穀物、新鮮な野菜、海や山の幸も運び込まれてとても賑《にぎ》わっていた。

俺《おれ》とセリィは人の波に乗って、石畳の大通りを歩いていた。

セリィは青い瞳《ひとみ》をキラキラさせて辺りを見る。

「大きな街は……素晴らしいです」

「ここにくるのは初めてなのか？」

「いえ……子供の頃《ころ》に一度……でも、馬車に乗ってましたから」

哀しそうな顔をして俯《うつむ》いた。

「そうか」

きっと恵まれていた王女時代を思い返しているのだろう。

何も言えず、黙って歩いた。

まず向かった先は街の端。

大通りを通って街の端まで来たため人通りが少なくなっていた。

目の前には石造りの古い建物がそびえている。パルテノン神殿のような雰囲気。

「ここが、勇者試験の登録所なのか？」

「はい、そうです」

「じゃあ、中に入ろうか」

セリィと並んで建物の中へ入った。


手続きの詳細は、特に何もなかったので略する。

登録料が高かったことぐらい。セリィの負担になってしまった。

あとは所員にいろいろ聞きながら済ませた。

帰り掛けに所員が言う。

「それでは、筆記試験が受けられるのは明日か明後日《あさって》までになりますので」

明後日までに筆記試験を受けないと失格らしい。

セリィが青い瞳を丸くする。

「えっ！　例年より早すぎませんか？」

「今年は教会の意向でそうなりました。まあ勇者になれる人ならいつ開催しても問題ないはずです」

「そ、そんな……」

セリィは眉尻《まゆじり》を下げて、不安そうに俺を見た。

勉強する時間がないと言いたいらしい。

俺は歯を見せて大きな笑顔で答えた。

「安心しろ。そいつの言う通りだ。勇者には今日でも明日でも関係ない」

「さすがです、ケイカさまっ」

セリィが大きな胸を押さえて感嘆の吐息を漏《も》らした。

ぶっちゃけ《千里眼《せんりがん》》使えばカンニングし放題だからな。

それから入口へと向かう。

途中、一階のロビーに大きな銅像が建っていることに気が付いた。

剣を掲げた勇ましい男の銅像。ただしその背丈は二メートル以上あった。

「大きいな、この像」

「いえ、原寸大だと思います。型を取って正確に作ったそうなので」

俺は驚いて聞き返す。

「こんな大きな人間がか？」

「はい、風の勇者ラケウスは、巨人族の血を引いていると噂《うわさ》されていました」

「とても強かったんだろうな」

「いろいろな伝説を残されてます。あらゆる戦いで勝ち続けました。負けたことは一度しかなかったと」

「でも魔王には勝てなかった」

「……そうです。その一度が魔王でした」

「魔王も苦戦しただろうな」

するとセリィは細い首を振った。金髪が弱々しく揺れる。

「手も足も出なかったそうです」

「そんなバカな……うーん、たしか型を取って作ったと言ったか」

俺は銅像を目を細めて睨《にら》んだ――《真理眼《しんりがん》》

本人をそのまま表現した肖像画や彫刻は、ステータスが読み取れることがあった。

一瞬、アイテムとしての銅像データが出そうになり、それを弾《はじ》く。

続いてラケウスのステータスが表示された。

【ステータス】
名　前：ラケウス
性　別：男
種　族：半巨人族

職　業：勇者
クラス：剣豪ＬＶ74
属　性：【風】

攻撃力：２４００
防御力：１８００
魔攻力：０２５０
魔防力：０５３０

……こいつ、強いぞ。

人とは思えない強さ。

そしてやはり属性は光ではなかったか。

俺は銅像を見ながら首を傾《かし》げる。

「おかしいな……」

「どうされました？　ケイカさま」

セリィの問いにも答えず俺は考え込んだ。

この世界、魔物の攻撃力や防御力は四桁《けた》だった。

ということは魔王が最高に強くても９９９９が最大のはず。

一方でラケウスは攻撃力２４００もある。約四倍の差。

この程度の差だと、不意を突いたり、隙《すき》を狙《ねら》ったりすれば充分埋められる差だった。

よって魔王は勝ったにしても相当苦戦してないとおかしい。

手も足も出させずに倒すには、俺のように桁違いの差がないと不可能だった。

――やはり、魔王には何かある。普通では倒せない何かが。

考えていると、セリィが心配そうに俺の和服の裾《すそ》を細い指先で摘んできた。

「あの、どうされましたか……？　気分が優れませんか？」

「なんでもない。ちょっと考え事をしていただけだ。それより教会に行きたいんだが」

本当に神がいないのか確認しておきたかった。

「わかりました、ケイカさま。ご案内いたします」

セリィが俺の手を取ると、笑顔になって歩き出した。

しなやかな手が俺を引っ張っていく。

大通りへ出ると、案内されるままに歩いていった。


お城の近くに大きな教会があった。

三角形の屋根とステンドグラスの窓がある。

礼拝するための人々が出入りしている。

とても信者が多い様子。

――くっ、ちょっとうらやましいぞ。

教会の中は石造りのためか、空気がひんやりとしていた。

礼拝堂は縦に長かった。床に絨毯《じゅうたん》が敷かれて祈れるようになっていて、奥には祭壇があった。

俺が祭壇前まで進むと、後ろに従うセリィが小声で言った。

「こちらがヴァーヌス神の御神体です」

「なるほどね」

祭壇の後ろには剣を掲げる勇ましい女神像があった。背中には鳥のような翼があり、まるで天使の彫刻のようだった。

俺はその女神像に意識を集中して、心話――いわゆるテレパシーを試みる。

神には御神体を通じて話しかけることができる。

しかし話は通じなかった。何度か試したがつながらない。

思わず、ニヤニヤ笑ってしまう。

――いや、まだだ。まだ笑うのは早い。

「次の教会に案内してもらえるか?」

「はい、ケイカさま――次は裏通りを入ってすぐに地の神ルペルシアのやしろ。その通りの向こうに空の神アドウォロスの神殿があったはずです」

「よし、行ってみよう」

セリィに案内されて俺は神々の教会を見て回った。

結果。

どれだけ話しかけても神はいなかった。

俺は拳《こぶし》を握り締める。

――やはりこの世界、神がいない！

神は封印か無効化されている！

これで俺は自由に動ける！

俺はこの世界に関係ない神とは言え、自分の作った世界を見守っていない神に文句を言われる筋合いはない。

さあ、神の力を使って勇者になろうか。

「これで準備はばっちりだ。俺は勇武神になってやる」

「さすがですわ。勇者の先を目指されるなんて……微力ながらお手伝いさせていただきます」

セリィが金髪を揺らして優しく微笑《ほほえ》んだ。

「ああ、頼むぞ。金銭などの一般常識は少し疎いからな」

それと、あまり派手にやり過ぎないように注意しないと。化け物扱いだけは御免だ。

そんなことを考えているとセリィが言った。

「ケイカさま、このあとはどうしましょう?」

「そうだな。今日のところは休むか。宿に行こう」

「わかりました、こちらへ」

セリィが先に立って歩き出したので、その後に続いた。

◇　◇　◇

街の外れの裏通りにある宿屋へやってきた。三階建ての古そうな建物。

一階は酒場と食堂を兼ねているようで、昼間から気性の荒そうな男が酒を飲んで騒いでいた。

食堂の奥にあるカウンターで、中年の親父に話しかけた。白髪交じりの短髪で、がっしりとした体格をしている。

「宿泊かい？　二名なら一晩で、大銀貨二枚だ」

約二千円らしい。

セリィが言う。

「今日から一ヶ月間、借りられますか？」

「ああ、もちろんだ。じゃあ、大金貨一枚だな」

十万円らしい。

なんで高くなるんだよ。六万円だろ。

いや、一ヶ月が三十日じゃないのか？

セリィが悲しげな顔をして頼み込む。

「すみません、手持ちが少なくて……もう少しなんとかならないでしょうか？」

「稼げる時に稼ぐのが商売だ。嫌なら他《ほか》に行くんだな」

完全にこちらの足元を見た発言。

セリィが赤い唇を悔しそうに噛《か》んで俯《うつむ》いた。

俺は当然無一文だから助けてはやれなかった。

早く勇者になって金を稼がないとな。

そのかわり俺は横から口を挟んだ。

「親父。長期の前払いなんだから、少しは色つけてもらえないか?」

「言っただろう。こっちは商売なんでねぇ」

「ふむ。じゃあ、食事込み、というのはどうだ?」

「夜だけかい?」

「もちろん、朝もだ」

「言うねぇ。変わった服着てるだけあるねぇ」

のらりくらりとかわされる。

食事が付けられると言ったなら、じゃあそのぶん料金から引けば安くなるだろう、と交渉してやるつもりだったが。

さすが商売人。言質《げんち》が取れない。

このままでは埒《らち》が明かない。

俺は切り札を切るしかなかった。

「勇者になっても利用するからと言ったら？」

親父の目が鋭くなる。

「ほう。只者《ただ》じゃないと思っていたが、勇者の試験を受けにきたのかい」

「そうだ。そして俺はなる。法に触れない範囲で証明してやってもいい」

「ほほう、言うねぇ……いい目してるな、お前さん」

親父は無精髭の生えた四角い顎をザラザラと撫《な》でながら、値踏みする目で俺を見た。

すると、俺たちの後ろ、酒場の隅から声がした。

「やめとけ、無理ムリ！　兄貴が勇者になるんだから」

「そうそう、兄貴が最強だぜ！」

「あんなにひょろいのが勇者になれるわけないな、ぎゃはは」

声高に笑う三人の男。髪形や服装といい、野蛮な印象を受けた。

他の客は目を合わせないようにこそこそと飲み食いしていた。

俺は、一瞬、イラッとしたが、すぐに深呼吸して心を落ち着かせた。

しかし今度はセリィが眉間《みけん》に深いしわを寄せて一歩踏み出そうとした。

俺は彼女の腕を掴《つか》んで引き止めた。

なぜですか、とでも言うようにセリィはきつい目で睨んできた。

そのひたむきな青い瞳が美しい。

俺は無言で、首を振って制止する。

男たちはまだ話を続ける。

「でも、あの女はいいっすよ。特に胸がでけぇ！」

「なあ金髪の姉ちゃん、こっち来て一緒に飲もうぜ」

「なんせガフ兄貴が次の勇者に決定してるんだから！」

「いえーい」

コップをぶつけ合って乾杯する男たち。

ボサボサの髪に薄汚れた服装。下っ端のチンピラと言った風情。

ただ、剣や鎧《よろい》などの装備品だけはとても洗練された名品に思えた。

見ていると男の一人が叫ぶ。

「おい、酒はまだか！　からなんだよ！」

「ミーニャちゃぁん、持ってきてよぉ〜。大人の胸にしてあげるからさぁ」

また、ぎゃははと男たちが笑う。

すると、カウンターの奥、厨房《ちゅうぼう》に繋《つな》がる通路から暖簾《のれん》を分けて少女が出てきた。

十代前半の膨らみかけの胸をした華奢《きゃしゃ》な体。幼いながらも顔は整っていて、つややかな黒髪にくりっとした大きな瞳が印象的。

粗末な服とスカートを着て、手には食事の載ったトレイを持っている。

でも人間ではなかった。

驚いたことに猫のような耳と尻尾《しっぽ》を持っていた。

その三角の耳が、しゅんと伏せられている。

「お、お父さん、行きたくない……体触られるの、もういや……」

ミーニャは怯《おび》えるような声で言った。

親父は眉間に苦悩のしわを刻んで呟《つぶや》く。

「そうは言ってもな……」

ますます男たちが騒がしくなる。

俺はカウンターに手を付いて言った。

「親父、お前、それでも父親か？」

「な、なに⁉」

「俺が望みを叶《かな》えてやる、と言ったら？」

「できるのか？　あいつらは腕っぷしだけは強い。もう半年もツケ払いで飲み食いされてる」

「できる。お前が望むなら」

親父は黙って俺を見た。

俺も無言で見返した。

「……わかった。頼む、あいつらをなんとかしてくれ」

「ああ、わかった。――我が名において、その願い聞き届けた」

俺はカウンターから相手を見た。

するとセリィが慌《あわ》てて俺の和服の帯を掴む。
「け、ケイカさま……相手に怪我《けが》をさせては勇者の試験が受けられなく――」
「安心しろ。ケンカはしない」
ぽんぽんと金髪を撫でるように叩《たた》いて安心させた。
――なんせ今からおこなわれるのは一方的な殺戮《さつりく》。
いや、ここで殺したらまずいのか。この宿に迷惑が掛かる。
でも神に不敬をはたらいた報いを受けてもらおう。神罰だ。
俺は口の中で呪文《じゅもん》を唱えた。
――《真理眼《しんりがん》》。
それから男たちへと向けた目を細める。
目の前にやつらのステータスが浮かび上がった。

【ステータス】
名　前：サズ
職　業：山賊
クラス：剣士Lv22
属　性：【土】
【装　備】

武　器：破魔の氷斧【強殺品】：魔物に氷の追加ダメージ
防　具：チェインメイル【盗品】：紋章入り

【ステータス】
名　前：マズ
職　業：山賊
クラス：弓士Ｌｖ18
属　性：【風】
【装　備】
武　器：疾迅の大弓【盗品】：連撃可能　命中に補正
防　具：妖精《ようせい》の服【拾得品】：魔法防御上昇。命中と精神力に補正

【ステータス】
名　前：バズ
性　別：男
職　業：山賊
クラス：戦士Ｌｖ31
属　性：【水】

【装　備】
武　器：永眠の短剣【強殺品】：低確率で即死発動
防　具：板金鎧【強殺品】：防御値に補正

雑魚《ざこ》なので数値は省いた。

重要なのは、職業【山賊】だな。

胡散《うさん》臭いやつらだとは思っていたが、そのまんまな職業だったとは。

【盗賊】ならまだ迷宮探索者や冒険者の可能性もあったのだが。

そして装備。

【盗品】やら【拾得品】やら。

【強殺品】は殺して奪い取った物のこと。

もちろん、普通の服や装飾品も盗品ばかり。

想像以上にどうしようもないクズどもだった。

「ふん。今までのおこないを悔いるがいい――《暴虐水撃《ぼうぎゃくすいげき》》」

俺が手を伸ばして、ぐっと手を握る動作をした。

そのとたん、山賊たちは顔を青褪《あおざ》めて嘔吐《おうと》した。

「ぐぁぁ！　げほげほっ」

「痛てぇ！　なんだ、これ……がはっ！」

「うわぁぁ！」

男たちはイスから崩れ落ちて、床に転がった。

——俺は水の神。相手の体内だろうと水は操《あやつ》れる。

今、あいつらの腹の中で飲んだばかりの水が魔物のように暴れまわっているはずだった。

その苦しさは想像を絶する。

この魔法が特に重要なのは——。

俺は山賊たちの座るテーブルまで来た。

のた打ち回る男の一人を足で踏んづけて見下ろす。

「どうした？　気分が悪くなったのか？」

「な、何しやがった……」

「店の中が汚れるな。外に出てもらおうか」

「や、やめろ……助けてくれぇ……」

「聞こえないいな」

俺はにこやかに笑いかけると、男を片手で掴み上げた。

そして思いっきり外へ投げ飛ばす。

男は入口を飛び出して表の通りに叩きつけられた。

残り二人も同じように投げ飛ばす。ドスッ、ドゴッ、と地面にぶつかる鈍い音がした。

息も絶え絶えで、文句を言い返すことすらできない。

ただ、マズという名のやつだけ効果が薄い気がしたが妖精の服のせいかと考えた。

俺は外に出て三人を見下ろす。

一人白目を剥《む》いたので、魔法を解除した。

この魔法は俺独自の魔法。相手の体に魔力的な痕跡を残さないので調べられてもわからない。

こういうときにはうってつけだった。

「この店の食べ物が合わなかったんだろう。二度と来るなよ」

「ち、ちくしょお……」

「お、覚えてろ……」

——と。

突然、野太い声が聞こえた。

「なにやってる！」

「ん？」

目を向けると、とても体格のいい男がいた。

山賊のようにボサボサの髪に髭《ひげ》面をしている。着ているものはボロボロで風呂《ふろ》になど入ってなさそうな印象を受けた。

《真理眼《しんりがん》》で見る。


【ステータス】

名　前：ガフ
性　別：男
年　齢：30
種　族：人間
職　業：山賊頭
クラス：戦士Ｌｖ41
属　性：【火】
【装　備】
武　器：爆殺の大剣　【強殺品】：爆発の追加ダメージ　低確率で即死発動
防　具：キメラの鱗鎧　【強殺品】：敏捷《びんしょう》力に補正　重さがない　浮遊

倒れていた下っ端たちが男へとにじり寄る。

「が、ガフの兄貴……」

「こいつが近付いてきたら急に……」

俺は釘《くぎ》を刺しておく。

「おいおい、俺はお前たちが店の中で吐き始めたから表に連れ出してやっただけだ。感謝しろよ？」

「く……っ」「ちくしょうっ」

ガフは舌打ちする。

「情けねぇ。おかしな術にでもかけられたんだろうが——お前、何者だ？」

「名乗るほどじゃない、と言いたいがどうせすぐにばれるだろう。俺はケイカ、勇者になる男だ」

「ほう……そいつぁ、残念だったな。なるのはオレ様よぉ」

黄色い乱杭歯《らんぐいば》を見せてニヤニヤ笑うガフに近付いて、俺は小声で言った。

「山賊のお前が、か？」

「なっ、なに⁉ ——証拠はあんのかよっ」

「装備してる品、調べられたら困るんじゃないのか？」

「ぐっ！ ……聞こえねぇなあ！ ——覚悟しやがれ！」

目の色を変えたガフは、いきなり背中の大剣を抜き放った。

殺して口封じするつもりなんだろう。

ここは往来である。周りで様子をうかがっていた町人たちが悲鳴を上げた。

「きゃー！ 乱闘よ！」「くそ、いつも好き勝手暴れやがって」「巻き込まれないうちに逃げろ！」

俺は腰の太刀に手を添えながら言う。

「勇者はケンカしてはいけないんじゃなかったか？」

「うるせえ！ オレ様ほどの男になると、いろいろ便宜《べんぎ》が利《き》くんだよ！ お前は勇者侮辱罪で死ね！」

——袖《そで》の下でも渡してるってことか。

俺は、はぁっと溜息《ためいき》を吐《つ》く。

「どこの世界も腐ってるもんだ。こっちは反抗したらダメなんだろうな」

「けけけ！　俺を傷つけたら試験は受けられないぜ！　殺されるから同じことだけどな！　――ふんっ！」

ガフは大剣を振り下ろしてきた。

俺は地を蹴《け》って瞬時に加速。やつの剣には爆発の効果があるから紙一重ではかわせない！

すれ違いざまに太刀を走らせる！

サラァンッ！

静かな音が通りに響く。

立ち止まったオレの黒髪が動きを止め、和服の裾がはたはたと鳴る。

続いて、はらり、ガラガラと妙な音。

振り返って見れば、ガフは服と鎧だけを切られて裸同然になっていた。

一拍置いたあと、周りで見ていた人々が爆笑する。

「ぎゃはは！　全部見えてるぜガフ！」「粗末な物見せてんじゃないよ！」「なんだそれ、芋虫か、わはは！」

ガフは顔を真《ま》っ赤《か》にして、地面に散らばった剣と鎧を集める。

そして、ほぼ全裸のまま、武器防具を抱えて駆け出した。

「お、覚えてやがれ～!!」

「男に自分の裸を覚えててもらおうなんて、随分な変態だな」

「……っ！　くそぉぉぉ‼」

ガフは顔を真っ赤にして、そのまま走り去った。

ゲラゲラと町の人たちは笑い続ける。

手下の山賊も慌てて追いかけていった。

町の人が俺へ笑いかける。

「よぉ、兄ちゃん！　すげぇな！」「腕が立つねぇ。ケイカさんだったかい？　頑張りなよ」「あんな汚いやつに負けんじゃねーぞ！」

みんな笑顔で励ましや応援の言葉を述べた。

どうやらガフたちの横暴に苦しめられていたようだった。

「おう、任せとけ」

俺は笑顔で応《こた》えて宿屋へと戻った。


宿屋一階の酒場に戻ると、セリィが金髪を揺らして駆け寄ってきた。

「さすがです、ケイカさまっ。怪我をさせずにあんな方法で追い返してしまうなんて！」

親父も満面の笑みを浮かべて言う。

「それだけじゃねぇ。服一枚だけを斬る技術、鎧の継ぎ目だけを的確に狙う技術、もう剣豪を名乗っていいぐらいの腕前だぜ」

親父は本気で感心していた。何度もうんうんと頷《うなず》く。

――実際、剣豪なんだけどな。さすが年の功と言ったところか。

するとミーニャが尻尾を揺らして駆け寄ってくると、ぎゅっと抱きついてきた。子供のように高い体温。かすかに震えている。よほど怖かったのだろうと思った。

「もう大丈夫だぞ、ミーニャ」

「ありがとう……お兄ちゃん」

俺の胸に顔を埋めて、猫のように顔をこすり付けてきた。

完全に懐《なつ》かれてしまった。よしよしと華奢な背中や艶《つや》やかな黒髪を撫でて元気付ける。

ゴロゴロと気持ち良さそうに喉《のど》を鳴らしていた。

◇　◇　◇

夜。

寝静まった宿屋内。

一階酒場のカウンターに俺とセリィと親父で座っていた。

親父が酒を注《そそ》いだグラスを渡してくる。

「あいつらをやっつけてくれてありがとうよ。これはお礼だ」

「すまないな。宿代も碌《ろく》に払えそうにないが」

「あれだけの腕を持ってるんだ。出世払いでお釣りがくらぁ」

親父が白い歯を見せてニカッと笑う。

セリィが金髪を揺らして頭を下げた。

「助かります。ありがとうございます」

「それじゃ、これから一ヶ月間、泊めてもらえるな？」

「当然だとも。あいつらに居座られてコッチも商売上がったりだったんだからな」

そう言って親父はニヤッと笑った。

「それじゃ遠慮なく」

俺も思わず微笑み返す。

「あんた、名前は？」

「ケイカだ。連れはセリィ」

「俺はキンメリクだ、よろしく」

セリィが心配そうな声で言う。

「でも、あの男、勇者になるとか言ってましたわ……」

俺は頷く。

「言ってたな。誰《だれ》でもなれるものなのか？」

ああいうやつに限ってしつこくちょっかいをかけてくるはずだ。

神に不敬を働いた以上、殺してやりたいが今はまずい。俺のせいだと思われる。

やるならもっと合法的にな。

「登録だけなら誰でも出来ますわ。勇者試験では、勇者に必要な『賢さ』『勇気』『強さ』そして『心の正しさ』を試されます」

セリィは考えながらもすらすらと答えた。

「『賢さ』が、筆記試験だな」

「ええ、そうですわ」

親父が顎を撫でながら言う。

「『勇気』はあれだな、試練の塔だ。楽しみだぜ」

「親父も参加するのか？」

「バカ言うない。俺たちは見てるだけさ」

「魔法か何かで放送中継されるのか」

「その通り。誰が一番早く突破するか賭《か》けるのさ」

「いっせいに参加するのか」

「いや、二パーティーずつで塔に入ってタイムを競い合う。いろんな仕掛けがあって手に汗握る面白《おもしろ》さだ」

「やるほうは大変そうだな……パーティー？」

ただ見られているならガフたちも何もしてこないだろうと思った。

セリィが横から言う。

「試練の塔は中がダンジョンで、複雑な迷路になっています。モンスターがいてトラップもあります。三名以上のパーティーを組んで挑まないといけません」

三名……ガフが手下を連れていたのはそういう理由か。

「俺たちもあと一人は適当に雇うしかないか。また金がいるなぁ」

親父がニカッと笑う。

「なら腕の立つやつ、探しとこうかい？」

「いいのか？　金はあんまり出せないぞ？」

「なぁに。ツケが溜《た》まってるやつらがいるからよ。棒引きする代わりに呼んでやるよ。一週間もあれば集まらぁな」

親父が酒場のカウンターにある帳面を手に取ると、指を舐《な》めてからぺらぺらとめくって見ていった。

「助かる。ありがとうよ」

「ありがとうございます」

俺とセリィは素直に礼を言った。

「じゃあ、試練の塔はそれでいいとして。次はなんだ？」

「その次？　ええと『強さ』の試験は闘技場でおこなわれます。塔を突破した勇者候補たちでトーナメントの一騎打ちをします」

「そこでは相手が死んでしまうこともあるんだな？」

「その通りです。お気をつけください」

青い瞳に心配そうな光をたたえて見つめてくる。

「心配するな」

俺は余裕の笑みを浮かべつつ、彼女の頭をなでてやった。

柔らかな金髪が指先に心地よい。

セリィは顔を真っ赤にして俯《うつむ》いてしまう。

闘技場とは、おあつらえ向きじゃないか。

多数の民衆の見守る中で身の程を知ってもらう。

その方法はいずれ考えよう。今から楽しみだ。

俺はグラスを飲み干すと言った。

「それじゃ、そろそろ部屋に行くよ」

「三階の端の部屋だ」

「さっき見たが、一番高い部屋じゃないのか？」

「気にするな。二人ならちょうどいいだろう？」

「まあ、な」

俺が隣のセリィを見る。彼女の顔はさらに真っ赤に染まっていた。

それから鍵《かぎ》を受け取って部屋へ帰った。

三階にある南東に面した角部屋が俺たちの部屋だった。

南と東に窓があるため、昼間はとても日当たりがよい。眺めもいい。

しかもスペースが広くて家具の備え付けもあり、どうみても宿泊費が高そうだった。

そしてセリィが顔を赤らめた理由がある。

ベッドが一つしかなかった。キングサイズの大きなベッドが壁際に、でんっと据えられている。

セリィが耳まで真っ赤な顔をしながら、指を噛みつつベッドを凝視している。

「本当にこの部屋でよかったか？」

「べ、別に、わたくしはどこでもかまいません」

「そうか。二人で寝ても充分な広さがあるしな」

開け放たれた窓から清々しい夜風が吹き抜けた。白いカーテンが風に揺れる。

俺はベッドに座ると、横をポンポンと叩いた。

「セリィ、座ったらどうだ？」

「ええ⁉　もうですか⁉」

「ああ、今からだ」

するとセリィは頬《ほお》を染めて、大きな胸の前で細い指先をもじもじとさせた。

「そ、そんな……まだ心の準備が……」

「何を言ってる？　今からしないと試験に間に合わないだろう？」

「へ？　――ああ、そうですよね！　勉強しないとっ」

セリィが金髪を乱しながら、わたわたと隣へやってきて座った。

二人並んでベッドに座る。くっつくように座ってきたため、彼女の金髪から花のような香りがした。

「筆記試験ではどんな問題が出るんだ？」

「試験では各国の地理歴史、魔王との戦いの記録。武器防具、アイテムの知識。各種魔法体系。モンスターの種類と対処法。などです」

……多いな。

確かにそれらを知っていることは勇者として冒険をする上で必須の知識と思われるが。

――はたしてあの頭の悪そうなガフが通過できるか？

絶対無理だろう。

でもやつは自信満々だった。

何か裏があるな、これは。

調べた方がよさそうだ。

とはいえ、これから勇者として生きていく上で知っておいたほうがいい知識ばかりなので、今日のところはセリィに教えてもらった。

面倒くさいけど。

ただ勉強してみると、そこまで難しくはなかった。

まあ、歴史はどこの世界でも同じで人間の愚かさの繰り返しだったたし、武器道具やモンスターはゲームなどの知識が役立った。

似た生物は、空想でも異世界でも弱点は同じというわけだ。

魔法にいたってはすでに名前は違えど、似たような体系——神法術を修めてあるし。

わからないのは造物使役術——ゴーレムやホムンクルスを作って使役する魔法ぐらいか。

なんとかなるだろう。

とりあえず布教が暇で漫画やゲームで遊んでおいてよかった。

素直に喜べないのはなんでかな……くっ。

まあ覚えるだけなので、寝物語として聞いていた。すぐ覚えられた。

そしていつしか二人で寄り添って眠っていた。

◇　◇　◇

朝。

清々しい空気とともに起きだした。

隣にはまだセリィが寝ている。白い頬に長い睫毛《まつげ》。金髪がベッドに広がり、大きく膨らんだ胸がゆるやかに上下している。

嫌な夢でも見ているのか端正な顔をゆがめて、ときどき「ううん」と苦しげに寝返りを打つ。

服が乱れて白い肌と鎖骨がのぞく。白いペチコートの下着がめくれてすらりと長い脚が見える。

俺は手のひらを優しく光らせて頭を撫でてやった。

するとと、セリィが切なそうにつぶやく。

「お母……さま……」

「……エーデルシュタインか」

セリィが国々の歴史を語るとき、魔王の所行を語るとき、眉間につらそうなしわを寄せることがあった。

それがエーデルシュタイン王国。

北西の山間にある小さな国で、緑に囲まれた美しい国だったそうだ。

攻めづらい場所にあるため、小さくても独立を保っていた。というか占領する価値もないと見なされていたらしい。

ところが宝石の鉱山が見つかったとたん、あっというまに魔王の手が伸びて滅ぼされた。

――いつか、帰れるといいな。

そう心の中でつぶやくと、またセリィが「うぅ……ん」と身をよじった。

先ほどまでと違い、その顔が美しく微笑んでいる。

「ケイカ、さまぁ……」

赤い唇から甘えるような声を漏らす。

白い頬をつついてみる。

「起きたか、セリィ」

「んぅ……あ！　ケイカさまっ」

寝惚《ねぼ》け眼で上体を起こすセリィ。服がますます乱れて胸の谷間が現れる。

「セリィは寝顔もかわいいな」

「……っ！　恥ずかしいですわっ」

かあっと頬を赤く染めて、上目遣いで睨んできた。

俺は微笑んで、彼女の頭を撫でた。

「さあ、今日は試験を受けに行くぞ」

「え⁉　最終日まで時間がありますわ」

「もう覚えた」

「い、一度聞いただけで覚えたと言うのですか⁉」

「嘘《うそ》だと思うなら試験問題を出してみるといい」

「では……勇者が国境を越えるとき、関税が掛からない物量は？」

「馬車一台分までだな」

「正解です。では……」

セリィがいくつか質問を出した。

俺はすらすらと全部答えた。

セリィが青い瞳と小さな口をいっぱいに開いた。

「し、信じられません！　さすがケイカさまですわ！」

まあ、信者一人まで落ちぶれたとは言え、神だからな。

「勇者になるんだからこれぐらいはできないとな」

「すごいですわ……」

「じゃあ、朝食食べたら行こうか。塔の下見してからな」

「はい、ケイカさま！」

俺はセリィを連れて一階の酒場へと向かった。

◇　◇　◇

朝の温かな光が石の街並みに注いでいる。

俺は人や馬車の行き交う賑やかな大通りを歩いていた。

横にはセリィが並んでいた。朝日を浴びて金髪が流れるように光っている。

前には案内してくれるミーニャが怯えたようすで辺りを見ながら、尻尾を細い脚へ巻きつけるようにして歩いていた。

その小さな背中に声を掛ける。

「どうした？　怖がるようなことでもあるのか？」

「い、いえ……大丈夫」

そう言いながらも、三角の耳をしゅんと伏せて体を縮こまらせて歩く。

彼女には試練の塔の場所へと連れて行ってもらっていた。

筆記試験に出題される可能性があったため。

するとセリィが俺に顔を寄せて小声でささやいた。耳に吐息がかかってくすぐったい。

「猫人族のような獣人は、北の生まれなのです」

昨日いろいろ教えてもらっていたので、ピンときた。

「なるほど。魔王の手先と思われて迫害でもされているのか」

「そのとおりです、ケイカさま」

「……」

俺はセリィの青い瞳をじっと見た。俺に見つめられて大きな目の瞬きが多くなった。

「な、なんでしょうか、ケイカさま?」

「お前も獣人が嫌いなのか?」

「そんな! わたくしの国は獣人の住みかとも近いので、とても仲良く暮らしておりました。お付き合いしてみればとても良い人たちばかりだとわかります」

「そうか。疑ってすまなかった」

「いえ、わかっていただけただけで嬉《うれ》しいです」

彼女の言葉に嘘はなかった。

本当に優しくて素直な性格で、そこが可愛《かわい》いと思う。

しばらくしてミーニャが公園のような広場の前で立ち止まった。細い指で奥を指差す。

「ケイカお兄ちゃん……ここ」

「ここが試練の塔か」

広場の真ん中には噴水があり、そのさらに奥へ行くと見た目的には二階建てほどのずんぐりした円筒型の建物があった。テニスコート二つ分はありそうな平べったい屋上には旗が一本ひるがえっている。

しかし周りの建物に比べても高さがないため、言われなければトイレか給水塔かと勘違いしそうだった。

ミーニャがボソと呟く。

「中には魔法がかかってるから……広い」

「これがそうなのか。——案内ありがとう」

お礼を言いながら、まっすぐな黒髪を撫でた。緊張していた彼女は気持ち良さそうに目を細めて、ふにゃ～と鳴いた。

それを見ていたセリィが、不意に首を傾げる。

「しかし急に来られてどうされたのですか？」

「筆記試験にも出るかもしれないから確認しておきたくてな」

セリィが、ほほぉ～と感心して頷く。

「さすがはケイカさまです。試験対策を怠りませんね」

「もう少し近寄って見て来てもいいか？」

「はい、どうぞ。お供いたします」

俺たちは塔に近寄った。

塔の周りには警備兵が立っていた。立ち入り禁止らしい。当たり前か。

塔の周りをぐるっと回ると、一階は外壁に沿って扉が幾つも並んでいるのがわかった。扉には数字を書いた紙が貼《は》り付けてある。十六番まであった。

「あの数字はなんだ?」

「なんでしょう? こんなの初めて知りました」

「ミーニャは知ってるか?」

ミーニャは小さく頭を振った。背中まである黒髪が揺れ動く。

「去年と、違う」

「そうか……これは確認しておくべきか」

千里眼で中を覗《のぞ》こうとした、その時。

突然、ガタガタと車輪の音を響かせて荷台を引いた豚馬――ブーホースが広場に入ってきた。

塔の傍《そば》まで来て止まると職人風の男たちが作業を開始した。

荷台にはハンマーやつるはしなどの工事道具とともに、長さ一メートル半ほどの大きな灰色の石の箱が乗っていた。

目を細めただけで、その石の箱から怨念のような負のオーラが立ち昇っているのが見える。

――なんだこれ。どうやらトラップを設置するようだが……即死級の罠《わな》の予感がする。

とりあえず中に何が入っているのか確かめようと思った。

《千里——》

ガツンッと頭に殴られたような衝撃が走る！

『——ッ!!　ミチャダメ!!』


脳に直接、声が響いた。かん高い子供のような声。

聞いたとたんに、背筋にブワッと鳥肌が立った。

思わず眉間を摘むようにして頭痛に耐えた。

——神の俺にここまでの精神的ダメージを与えるなんて。

どう考えても俺と同格の存在。

つまり声の主は『神』だと思われた。

声はまだ響き続ける。

『ミチャダメ！　サワッチャダメ！　オネガイ、ニゲテ！』

俺は声の主を探した。

噴水のある広場を見渡し、その向こうの石畳の大通りを行き交う人々を見て、それから辺りの家々を見ていき、給水塔のような円柱の塔を見て——そしてようやく発見した。

石の箱の中、噴出する怨念に混じって声が聞こえてきていた。

……一緒に閉じ込められているのか？

『ミチャダメ!!　……コエガ　キコエルノ？』

――ああ。お前は誰だ？

『トニカク、ミチャダメナノ！　らぴしあヲ　ミナイデ、ミナイデ!!』

他にいろいろ質問してみたが「ミチャダメ！」の一点張りで話にならない。

――わかった。

とにかく見てはダメらしい。これだけ必死な神の忠告には従うべきだった。

でも、それだけでは事態の解決にはならない。

俺は千里眼ではなく《真理眼《しんりがん》》を使った。

【ラピシアの棺《ひつぎ》】

怒りと憎しみに取りつかれた神が収められた棺。その姿を見たものを石に変えるという。

うわー。神が怨霊化したものか。しかも石化か。

めちゃくちゃ厄介な存在だ。

ただでさえ同格なのにパワーアップされてるのだから、俺でも間違いなく石化する。

というか信者が一人しかいない俺が弱すぎるだけだが。

どうしたものか。というかなぜ子供の神が一緒に入っているのか。そして無事なのか。

う～んと唸《うな》っていると、セリィが形の良い眉を寄せて手を触れてきた。柔らかく優しい体温に癒《いや》される。

「どうかされましたか、ケイカさま？」

「ああ、そうだな。一人で悩んでも仕方ない。セリィはラピシアという神を知っているか？」

「ラピシア……？　ごめんなさい、聞いたことがないです」

聞いたことがない？　そんなばかかな。忘れ去られた神なのか？

「だったら神話を調べられる場所はないか？」

「王立図書館へ行けば、古い記録があるかもしれません」

セリィは青い瞳でまっすぐに俺を見て言った。

その時、作業員が石の棺を数人で抱え上げて、十六番の扉に入っていった。

それを目で追いつつ考える。

気になるが今は筆記試験が先決だな。

「わかった。あとで案内してくれ——今は試験を受けに行こう」

ミーニャがすまなそうに怯えて言う。

「わたし、仕事、あるから……」

「送っていこうか？」

「大丈夫……」

ミーニャは辺りを警戒しながら、尻尾を立てて足早に立ち去った。

朝の清々しい空気の中、俺とセリィは石畳の大通りを並んで歩いた。

会話は少なく。

俺は考え続けていた。

あのラピシアという神をどうにかしなければ、俺も含めて皆殺しだろう。

一つ方法はあるけれど、できればその手は使いたくない。

はたして試験までに対処法を見つけられるだろうか？

いや、違うっ。絶対、見つけなければ！

俺は奥歯を噛み締めて歩いていった。

◇　◇　◇

午後。

俺は勇者試験登録所の外に出た。

セリィが待っていた。

風に揺れる金髪を押さえながらセリィが言う。

「お疲れ様でした、ケイカさま。筆記試験のほうはどうでしたか？」

「まあ、完璧《かんぺき》だな。一問だけ悩んだだけだ」

それも《千里眼《せんりがん》》で答えを見たので完璧だった。

「さすがです、ケイカさま」

「まあ、これぐらいはできないとな……次は図書館に行くか」

「はいっ、こちらですわ」

セリィが微笑み、先に立って歩き出す。

太陽が明るく照らす、広い石畳の通りを歩いていく。

すると、いい匂《にお》いが漂ってきた。

見れば大通りの十字路に面して屋台が出ていた。人と馬車の行き交う交差点。とてもにぎやかだった。

「あの匂いはなんだ?」

「えっと……たぶん、フィード焼き、だと思います」

「砂糖醤油《じょうゆ》のような甘くて香ばしい匂いだ……神社の縁日を思い出す」

「は、はあ……買いましょうか?」

「そうだな、お願いするとしようか」

「わかりました。買ってきますね」

セリィは少し不安げな様子をしつつ、屋台へ向かった。

俺は後に続いた。

セリィが店の親父に話しかけてお金を渡す。

親父は手早く焼いて手渡してきた。

「はいよ！　嬢ちゃんべっぴんだから、貝はおまけしといたよ」

「ありがとうございますっ」

セリィが金髪を揺らして頭を下げる。

それから俺の傍へ駆け寄ってきた。両手に一つずつ持っている。

俺は受け取ってじっくり眺めた。

フィード焼き。

穀物を磨り潰《つぶ》した粉に水を混ぜて生地を作り、それを薄く延ばして焼いていた。

その上に甘辛く焼いた魚介類と葉野菜を一枚乗せて挟み込む。

見た目はタコスのようだった。

香ばしい香りに誘われて、さっそくかじりついてみた。

パリパリした生地の食感がよい。甘辛い魚介は、弾力があってイカやタコっぽい。

噛むほどにじわっと旨味が出てくる。口の中がタレと旨味で幸せになる。

味はお好み焼きやイカ焼きに似ている気がした。

けれども新鮮な葉野菜の香りがさわやかに広がり、こってり感を打ち消していた。

俺はごっくんと飲み込みつつ言った。

「これは……すごく、うまいな」

「はいっ、わたくしも初めて食べましたが、とてもおいしいですっ」

「初めてだったのか――はむっ」

「ええ、食べてみたかったのですが、母がはしたないからダメと――はむっ」

「よかったじゃないか——はむっ」

「ケイカさまのおかげですっ——はむっ」

セリィが赤い唇を小さく開けてかじっている。可愛いらしい口がもぐもぐと動く。

俺たちは大通りを歩きつつ、食べながら他愛もない会話をした。

しばらくして俺の方が先に食べ終わった。

セリィは口を小さく開けて、まだ食べていた。


大通りを通って町の中心にある王立図書館の建物まで来た。

城の傍にあるけれど宮殿のような城とは逆に、石造りの四角い建物だった。灰色で頑丈そうに思える。

「ここが、図書館か」

「もぐもぐ……はい、そうです」

「じゃあ、中に入ろうか」

「もぐっ……ちょっと待ってください、急いで食べ終わりますっ」

「大変なら、手伝ってやろうか?」

「え……あ、はいっ」

セリィはなぜか頬をほんのりと赤らめて、半分ほどになったフィード焼きを突き出した。

俺は、彼女の小さな手を握ると、はむっと大きくかじった。

「うーん、何個でも食べられそうなぐらいうまいな」

「は、はいっ……はむっ」

セリィは俺の食べたところを、さらに大きくかじりついた。耳まで真っ赤になっている。

そんなに必死に食べなくても、と思いつつ、もう一口かじらせてもらった。

食べ終わると建物の中へ入った。本棚が所狭しと林立している。

建物の中は古書の香りが充満していた。日光による変色を避けるためか窓は小さい。昼間から魔法の明かりが灯っていた。

入ってすぐの地上一階は閲覧頻度の高い図鑑や実用書が多い。

二階が文学芸術系。

記録などは地下に収蔵されていた。地下何階まであるかわからないが、地下二階以降は身分の高い者しか入れないらしい。

神話関連も地下だったので階段を下りて探す。魔法の明かりが必要だった。

本棚の林立する薄暗い地下を歩く。

神話の棚まで来て本を手に取った。ジャラっと本に付けられた鎖が鳴る。盗難防止のためにすべての本が本棚に繋がれていた。

この世界の神話は他の神話とよく似ていた。創世神が世界を作り、子供の神たちに治めさせた。空の神や大地の神、木や水や火の神など。

そのうち新しく生まれたヴァーヌス神という聖なる神が勢力を伸ばして、多くの人に信仰されているらしい。魔王や魔物を倒す力を持つらしい。

この国の僧侶や神官もヴァーヌス教だった。

それはいいとして、ラピシアという神は見当たらなかった。

「やっぱりないな」

セリィが頬に手を当てて溜息を吐く。

「聞いたことないですもの……どちらでその名前を？」

「いやあ、ちょっと酒場で小耳に挟んでね」

「そうでしたか。もっと調べられます？」

「それより神々のための儀式について知りたい」

倒せないなら荒ぶる魂を鎮めるしかない。

俺みたいな世界の部外者が訴えたところで通用するかどうかも怪しいが。

第一、儀式をやってる間に石化されそうだ。

ミチャダメと言っていたから、姿を見なければなんとかなるのかもな。ギリシャ神話のゴーゴンのように。

思わず手を止めて呟く。

「鏡か……」

「どうされました？」

「石化する攻撃にどうやって対処しようかと考えているところなんだ」

「試練の塔ででしょうか？　そこまで危険なモンスターは出ないはずですが」

「噂に聞いたところによると出るんだ。はぁ」

「そんな恐ろしいことが……」

「まあ、最悪、別の方法もあるけどな」

奥の手を使うしかないか。

警備員の隙を突いて試練の塔に貼られた番号の紙を全部はがして一つずらす。

そうすれば安全に突破できる。

……でも、それだとミチャダメと教えてくれた子供の神を助けられない。

それにガフの企《たくら》みから逃げたことになる。

神である俺にとって、それは我慢できない。

汚いやつには完璧に勝ってこそ、本当の勝利だ。

「石化を治す地聖水は売ってます。けれども石化を防ぐアイテムとなると、とても高いです。手持ちが……」

セリィが俯いて言った。端整な顔に悲しげな影が差す。

金がないのはつらいな。

けど石化はもっとつらい。

石になったら動けなくなるし、砕かれたらもう元には戻れない。

「いや、まてよ？」

「ケイカさま?」

「初めから石になってればいいんだよ!!」

「こ、声が大きいです、ケイカさまっ」

和服の裾を掴んで引っ張られた。

すると長いローブを着た司書が、俺たちのいる神話関連の本棚までやってきた。微笑みを浮かべているが、目は怒っている。

「どうされました? 目当ての資料は見つかりましたか?」

「うっ、大声出して悪かった。ラピシアという神を調べていたのだが、なかなか見つからなくてな」

「ラピシア? ——ああ、でしたらここではないですよ」

「え? 知っているのか!?」

「はい、マイナーな昔話の一つですね。『母の愛』という題名だったかと。正確には神ではなく、神と人との間にできた子供、という設定のお話でした」

「そ、それ、どこで読める!?」

「一階の子供向けの本を集めたところに置いてあったかと」

「ありがとう! 助かった!」

なるほど、半神人だから神話には載ってなかったのか!

司書は微笑みながらこめかみに血管を浮かせた。

「あと図書館では、お静かに、お願いします」

「すんません」

「ごめんなさい」

俺とセリィは謝りつつ、一階へと向かった。


薄暗い地下から出ると、小さな窓から日光が入る一階は、それだけで暖かく感じた。

子供向けの本がある場所へ。

絵本の並んだ本棚から『母の愛』を引き抜いた。

さっそく読む。こんな話だった。


大地の女神は人間の男と恋に落ちた。

幸せに暮らして子供が生まれた。

しかしそれは神として許されないことであった。

事態を知った創世神は女神に子供を殺すよう命じる。

女神は子供を殺そうとした。

けれども子供がいとおしすぎて殺せなかった。

自分が代わりに死んで許しを請おうかとまで考える。

けれどそんな事をすれば大地が死んでしまう。

ところが女神と夫は名案を思いつく。

子供を殺したと嘘をついて、棺に入れて大地に埋めて隠した。

創世神の怒りも解け、女神と夫は末長く暮らした。

子供は今でも母なる大地に抱かれて、すやすやと眠り続けている。

めでたし、めでたし。


……それがラピシアか。

かなり歪曲《わいきょく》されているのだろうけど、それでも昔話は真実の一面を伝えていることが多い。

これはつまり、ラピシアそのものに怒りを収めてもらうよりも、母の力を借りた方が良いのだろう。

たぶん埋めるのが一番手っ取り早いんだろうけど。

俺は晴れやかな顔をして、近くにいるはずのセリィに言った。

「よしっ。めども付いた。帰ろう」

「ふぇ、あ、はいっ」

セリィが手に持った本を落としそうになる。別の絵本を読んでいた。

「絵本、好きなのか?」

「これ、お母さまがよく読んでくれた本なんです。一番好きなお話です」

「へえー」

「何の変化もない暇な暮らしに飽きた少女が、冒険の果てに自分の王子様を見つける話なんです」

「へえー」

「とっても素晴らしいんですよっ！」

青い瞳をキラキラさせて、夢見る乙女《おとめ》のように力強く言い切った。

「ふぅん。それはよかったな。さ、帰ろう」

「あ、この話の素晴らしさがわかってませんね！　これは～」

セリィが思い出を交えて素晴らしさを語りだす。

ふ～ん、と話半分に聞いていた。

ただ一生懸命な彼女の鈴の音のような澄んだ声は聞いてるだけで楽しかった。

――と。

急に短いマントを羽織った冒険者風の青年が近寄ってきた。爽《さわ》やかに微笑んでいる。

「ケイカさん、ですね」

なにかやたらと耳に心地よく響く声をしていた。

というか知り合いのいない異世界で、なぜ俺の名前を知っている？

俺はセリィをかばうように前に立ち、警戒しながら青年を見返した。

【ステータス】
名　前：レオ

性　別：男
年　齢：20
種　族：人間
職　業：村人
クラス：剣士Lv28　僧侶Lv10
属　性：【風】【光】

攻撃力：３４６（256＋90）
防御力：３２４（254＋50＋20）
生命力：９１０
精神力：７３５

武　器：破魔のつるぎ　攻＋90　アイテムとして使うと雷火破《サンダーフレイム》の効果。
防　具：みかわしのよろい　防＋50　単体攻撃命中時、確率で自動回避。
装身具：竜守のゆびわ　防　＋20　火ダメージ半減　状態異常抵抗

お。二属性目が光属性。だから爽やか青年なのか？
でも咎人《とがびと》じゃないのか。人にしてはそこそこ強いな。

名前はわかったが一応、尋ねる。嘘を吐くなら危険人物と判断できる。

「お前は？」

「失礼しました、私はレオと言います。ケイカさんと同じく勇者を目指すものです」

「村人っぽいな」

「よくおわかりで。小さな村で生まれ育ちました」

嘘は言っていない。というか話せば話すほどに好青年だった。

「で、どういう用事だ」

「はい。ガフのことで……彼はあなたを追い落とそうとしています」

「ほう。どうやって？」

「あなたの強さは聞いております。ですので闇《やみ》討ちや誘拐など、とにかく卑怯《ひきょう》な手を使って試験を妨害してくるでしょう」

そう言ってレオはセリィをみた。

彼女は体をこわばらせて、俺の背中に寄り添う。

「ケイカさま……そのときはわたくしなど見捨てて、どうか勇者を目指してくださぃ……」

「安心しろ。そのときなんて、こない」

俺の言葉に、レオは白い歯を見せて笑った。

「さすが噂通りの、頼もしい方ですね。ただ万が一のため、彼らのアジトを教えておきます。複数ありますから」

そこまで言われると、逆に警戒心がわく。

自然と目を細めて尋ねた。

「なぜそこまでする？　ライバルだろう」

するとレオは苦しげに眉間にしわを寄せた。

「このような相手を出し抜く方法は悪いとはわかっています。ですが最初、狙われていたのは私だったので。対策をいろいろ取るしかなかったのです」

俺は腕組みをして考える。

強くてイケメンなんだから、荒くれ者のガフに目を付けられるのは当然だな。

だが、ガフにまで気を使うのは度が過ぎている気がする。

「なるほどな。しかし、それでいいのか？」

「というと？」

「お前はいいやつのようだが……真面目《まじめ》すぎるとそのうち痛い目を見るぞ」

「それでも正しく接すれば心を入れ替えてくれる可能性があります。魔物ですら……いえ、なんでもありません――それで、アジトですが」

レオは急に話を変えて、盗賊の拠点を教えてくれた。

王都内に二ヶ所あった。裏通りの廃屋とスラム街のアパート。

「盗賊のアジトって感じの所ばっかりだな」

「はい。山賊を本業としているようです」

俺は頷いて肯定した。

この青年は信用してもいいと考えた。

「じゃあ、俺の方からも一つ言っとこう」

「なんでしょう？」

「ラピシアの棺ってのが試練の塔に運び込まれた」

「聞いたことないですね」

「中に入ってる何かを見ると、石化するらしい」

「気をつけておきます。教えていただきありがとうございました。それでは、お互い頑張りましょう」

レオは青い髪を揺らして頭を下げると、颯爽《さっそう》と図書館を出て行った。

街ゆく女性が振り返ってるのが見える。

――俺がいなかったら彼が勇者になっていたかもしれないな。

いや、咎人システムを作り上げたしたたかな魔王がいる限り、それは無理か。

振り返ってセリィを見る。

「じゃあ、俺たちも帰るか」

「はいっ、ケイカさま」

元気良く答えるものの、宿屋へ向かう間、和服の袖を指先で摘んで付いてきた。

守ってやりたくなる可愛さに、思わず笑みが零《こぼ》れた。

四章

山賊たち

昼をだいぶ過ぎた頃《ころ》。

俺《おれ》はセリィを連れて宿屋へ帰った。

すると、親父が血相を変えて飛び出してきた。

「ケイカか！　うちのミーニャを見なかったか⁉」

「朝、別れた後は会ってないな。どうしたんだ？」

「それが配達から帰ってこねぇんだ！」

「ほう」

セリィが俺の腕をぎゅっと掴《つか》んできた。

「ケイカさま、まさかっ⁉」

「ガフのやつかもな――」

俺は千里眼で教えられたアジトを見た。

裏通りの廃屋にはいなかった。

次に、ごみごみした建物の立ち並ぶ汚いスラム街を見た。

アパートの階段を登る二人の山賊がいた。大きな麻袋を抱えている。

麻袋の中を見ると、猿ぐつわをはめられ手足を縛られたミーニャがいた。目をギュッと閉じていて、時々細い手足でもがいた。

「スラム街だな」

「なにっ！　本当か⁉」

「ああ、心配するな。場所はわかってる。すぐ行ってくる――セリィと親父はここで待っていてくれ」

「わかりました、ケイカさま」

「くっ、行きてぇが、足手まといになっちまいそうだな！　頼む、ケイカ！　娘を助けてやってくれ！」

「その願い、聞き届けた――行ってくる！」

俺は下駄《げた》を鳴らして石畳の道を駆け出した。

◇　◇　◇

薄汚れたスラム街。

俺はうらぶれたアパートを目指して駆けていた。

舗装されない道にはゴミが散らかり、風が吹くと砂が舞った。

目付きの鋭い男が窓から覗《のぞ》く。道ばたには痩せた子供が座っている。

そいつらを無視してアパートへ。

「――《風域《ふういき》》」

体の周囲に風をまとって音の伝導を打ち消す。

本来ならギシギシ鳴るはずの階段を、一足飛びに駆け上がる。

――《千里眼《せんりがん》》でミーニャの連れ込まれた部屋を見る。

風呂《ふろ》に入ってなさそうな汚い男が二人、ミーニャを袋から出してニヤニヤ笑っていた。

山賊のサズとバズだった。

「よぉ。よくも、恥かかせてくれたよな」

「ひっひっひ。体でたっぷりお返ししてもらわないとなぁ?」

「い、いや……」

ミーニャは細かく震えながら細い脚を畳んだ。尖《とが》った耳は伏せられ、黒い尻尾《しっぽ》は力なく垂れていた。

サズがドスンと脚を踏み降ろす。

ビクッとミーニャが縮み上がる。

「お前に拒否権はねぇんだよ！　――へへ、いい脚してやがるじゃねぇか」

「ボスが来る前に楽しんでおきますかい？」

「こいつに執着してたが、生きてりゃ別に構わねぇだろ」

サズの目がぎらりと好色に光った。ゴツゴツした手を伸ばす。

ミーニャが怯《おび》えて体を丸めた。耳と尻尾の毛がぶわっと広がる。

「さ、触らないで……」

「うるせぇよ！」

足首を掴んで引きずって床に横たわらせた。スカートがめくれて下着が見える。

「いやぁ……」

ミーニャは、足を振ろうとしたが、しっかり掴まれてて動けない。

さらに上着をめくられる。白い肌と膨らみかけの胸が露《あら》わになった。

「へへへッ……俺からいくぜぇ……」

舌なめずりをするサズに、バズが後ろから言った。

「ずるいなお前。すぐに次、回せよ」

「わかってるって」

サズはカチャカチャとベルトの留め金を外していく。

ミーニャが子供のようにイヤイヤと首を振った。黒髪が儚《はかな》く揺れた。

——と。

「いいかげんにしとけよ？」

バァンッと扉を蹴《け》って俺は部屋に飛び込んだ。

ズボンを脱ぎかけていた男たちが、ぎょっと体をすくませた。

「な、なんだお前！」

「――あ！　お前は！」

俺はニヤリと笑ってやった。

「人目のつかない場所にいてくれてありがとうよ」

「なんだと！」

サズは腰に手をやるが、短剣がないのに気づいて左右を見た。壁に立てかけた斧《おの》に走る。

俺はその間に、さっと移動してミーニャの前に立った。

太刀を構えて睨《にら》みつける。

「さあ、どちらから死にたい？　その願い、聞き届けてやる」

「ざけるな、てめぇ！」

バズがナイフを抜いて切りかかってきた。

「お前からか――《水刃付与《すいじんふよ》》」

俺は魔法によって太刀に水の力を与えつつ、大きく一歩踏み込んだ。

無造作に切りつける。

ギィンッ、ザッ！

金属を斬る鈍い音。

ナイフが斜めに切り落とされて、壁に刺さった。

バズはふらふらと後ろによろめきつつ、胸から血を流して床に倒れた。

「なっ⁉」

壁際の斧に手をかけたサズが目を見開く。

「どうした？　あっさり死んで驚いたか？　人が来るかもしれないからな。さっさと死ぬことに感謝しろ」

「ふ、ふざけんな！」

サズが斧を持ち上げようとした。

俺は軽《かろ》やかに近づき、太刀を降り抜く。

ザンッ！

「ぐあっ！」

サズの首が宙を舞う。

首から血を吹き出して、体は横に倒れた。

俺は太刀を振るって血を飛ばすと、呆然《ぼうぜん》と黒目を見開くミーニャを見下ろした。

「大丈夫か？」

「け、ケイカお兄ちゃん……」

ミーニャは動こうとしたが、手足を縛られていたため立てなかった。

太刀を振るって手足の紐《ひも》を切り飛ばす。

解放されたミーニャは、前のめりに床へ倒れて手を突いた。

近づいて肩に手を置く。華奢《きゃしゃ》な体は震えていた。

「遅れて悪かった。もう大丈夫だ」

「――ケイカお兄ちゃんっ」

ミーニャがすばらしい勢いで胸に飛びついてきた。

意外な瞬発力。

驚きながらも、よしよしと頭と背中を撫《な》でて慰める。

猫のように顔をこすりつけてしがみついてきた。しなやかな腕と脚の力は強かった。

――獣人は能力が高いんだったか。

腕に力を込めながら尖った猫耳に囁《ささや》く。

「お前は強いぞ。もっと自信を持てばいいんだ」

「……むり。でも、ケイカお兄ちゃんがいてくれたら……」

「それが願いか？」

「……わからない」

俺はぽんぽんとか弱い背中を叩《たた》くと、猫耳に、ふっと息を吹きかけた。

ひゃぅ、とミーニャは小さく喘《あえ》いで肩をすくめた。

「よし。とりあえず、こいつらを隠さないとな」

「……どうするの？」

「任せておけ」

俺は立ち上がると、腰に下げたひょうたんを手に取った。

ぶわっと床に水を撒《ま》く。

「小川に澱《よど》む貪欲な水よ　すべてを飲み込み消滅せよ――《全溶酸水《ぜんようさんすい》》」

水がスライムのように盛り上がり、床を掃除しつつ死体を取り込んだ。四天王グレウハデスの死体を消したのもこの魔法。

青い水が赤く染まっていく。二体とも一瞬にして溶けてなくなった。

「消えた……？」

ミーニャが怯えることも忘れて、目を丸くして言った。

「排水口か雨どいは……ないか」

窓に近づくと狭い通りの向こうの方に、下水代わりの水路が見えた。

「あれがいいな――従う風よ　集まり飛ばせ――《高速流風《こうそくるふ》》」

重みのある風を生み出し、赤い水玉を飛ばした。

ひゅうっと風を切って飛んでいき、水をはねて水路に落ちた。

――処理、終了。

俺はミーニャを起こしつつ言う。

「さあ、帰ろう」

「……うん」

手を繋《つな》いで部屋を出た。

ミーニャを連れて階段を下りる。ぎいぎいと古い板が足元で軋《きし》んだ。

すると下から上がってくる男に出会った。むさくるしい山賊の男ガフ。

ガフは踊り場に立ち止まると、俺を見上げて目をむいた。

「て、てめえ！　どうしてここに――ッ！」

「迷子を保護しに来ただけだ。文句あるか？」

「くそっ！」

ガフは俺の横を通り抜けて、階段を駆け上がった。

ミーニャがびくっと体を震るわせた。尖った耳がへにゃっと伏せられる。

彼女の手を優しく握って落ち着かせる。

「心配するな。俺がついてる」

「ケイカお兄ちゃん……」

そのままミーニャと手をつないでアパートを出た。

すると後ろから激しい音を立ててガフが追いかけてきた。

背後から憤る声が響く。

「てめえ！　あいつらをどこやった？」

ミーニャから手を離し、腰の太刀に手を添えた。

ゆっくり振り返って、鼻で笑う。

「なんのことだ？　証拠でもあるのか？」

「てめぇ……何もんだよ！　いや、こんなこと普通じゃねぇ……人じゃねぇのか？」

俺は目を細めた。

――頭悪そうな割には、以外と勘が鋭いな。

「弱いからって人を化け物扱いか？　心まで貧しいやつだな」

ガフはぎりっと奥歯を噛《か》んだ。

「くそぉ！　お前が化け物だろうと、なんだろうと！　邪魔するやつは消してやる！」

「だったら俺だけを狙《ねら》うんだな」

「覚えとけよ！　お前も、キンメリクも、みんな消してやる！」

――キンメリク？　ああ、宿屋の親父か。

「えらく親父に執着するんだな」

「あいつは俺のものを奪ったんだよ、だから何もかも奪い返してやる！」

「……そんなことない」

俺の後ろに隠れながら、ミーニャが呟《つぶや》く。

急にガフは好色な目をミーニャに向けた。

「お前の母親、すげぇいい女だったからよ。ひひっ、お前のより所、すべて潰《つぶ》して、じっくり楽しんでやるよ！　勇者になってからな！」

そう言って、舌なめずりをするガフ。

俺は呆《あき》れて肩をすくめた。

「くだらんな。せいぜい勇者試験の心配してろ」

「そいつはお前のことだぜ？」

「なにっ？」

ガフは暗い目をして笑う。

「俺様をここまでこけにしやがったんだ。せいぜい短い余生を楽しむんだな」

――この余裕。なにかしたのか？

調べる必要がありそうだな。

「……自分の首を絞めること、べらべら喋《しゃべ》ってくれて教えてくれてありがとうよ」

「――ッ！　くそっ！」

ガフは道に唾を吐くと、アパートへと戻っていった。

ミーニャが心配そうに和服の帯を掴んでくる。

「だいじょうぶ……？」

「何も心配ない。俺は負けることはない。だって、か――勇武神になる男だからな」

危ない。するっと神と言いそうになった。

「ケイカお兄ちゃん……すごい」

ミーニャは黒い瞳《ひとみ》に尊敬の光を湛えて俺を見上げた。

俺はごまかすように、彼女の小さな手を取ると宿に向かって歩きだした。

宿屋に帰って一階の酒場に入ると、血相を変えた親父がカウンターから飛び出してきた。

「ミーニャ！　無事だったか！」

親父は勢いのまま、娘に抱きついた。

「お父さん……痛い」

「ああ！　すまなかった！　何もされなかったか⁉」

「それは大丈夫だ。そうだよな？」

俺が答えると、こっくりとミーニャがうなずいた。

「お嫁さんになれないところ、だった」

「おお！　ケイカ本当にありがとうな！　お前はもう、うちで好きなだけ飲み食いしてくれ！　俺のおごりだ！」

セリィが金髪を揺らしてそばへくる。信頼する微笑みを浮かべていた。

「お疲れさまでした。さすがケイカさまです」

「まあ、な。勇者になるんだったらこれぐらいは軽くこなさないとな」

急にセリィは端正な顔を曇らせる。

「ですが、また何かされないでしょうか……？」

「それだな。何か企《たくら》んでいるらしい」

「不安ですわ……」

俺は力強い笑みを浮かべる。

「大丈夫だ。俺の力を信じる者たちは、必ず守ってやる」

「ありがとうございます、ケイカさま」

セリィは青い瞳を細めて、美しく微笑《ほほえ》んだ。

――と。

突然、男が駆け込んできた。急いでいる様子。

よく見れば、勇者試験登録所の所員だった。

「あの、ケイカさんというかたはおられますか？」

「ん？　俺だが」

「ああ、試験の結果が出たのでお知らせします。ケイカさんは合格者十六人中、十六番目の合格になりました」

「はあ？」

――ほぼ完璧《かんぺき》に答えたはず。

セリィが形のよい眉《まゆ》を寄せて詰め寄る。

「そんなはずはありませんわ。ケイカさまならもっと順位が高いはずです」

「ですが、そうなりましたので。……第二試験は三日後になります」

親父が叫ぶ。

「え！　なんだって⁉」

「おかしいですわ。例年だと、日程にもっと余裕があったはずです」

「今年は早くなったのです。そういう訳なので。ではお伝えしましたよ」

所員は別の連絡があるらしく、紙のリストを手に持ったまま駆けだしていった。

親父が頭を押さえてつぶやく。

「いくらなんでも早すぎる……試練の塔を補佐するメンバー募集が間に合わねぇ」

俺は腕を組んで考えた。

——きっとガフのやつだな。

これがやつの言ってた嫌がらせか。

「まあ、気にするな。どんな試練だろうと、参加が決定しただけで問題ない。必ず突破してみせるさ」

「さすがです、ケイカさま。わたくしも微力ながら力にならせていただきます」

「ああ、頼むぞ」

俺はセリィの頭を撫でた。彼女は気持ちよさそうに目を細めた。

◇　◇　◇

夜。

俺は勇者試験登録所の建物の屋上にいた。神殿のような頑丈な作り。

辺りには高い外壁に囲まれた暗闇《くらやみ》の底に並ぶ街並みが眼下に広がっていた。

——《千里眼《せんりがん》》。

足下の室内には、ヴァーヌス教幹部とガフがいた。

ガフが執務机に座る幹部に詰め寄っている。机の上にはデヴォロ副司教というネームプレートが置かれていた。

ガフが言う。

「おい、追加料金払うからケイカって野郎を確実に殺してくれ」

《千里眼《せんりがん》》と《多聞耳《たもんみみ》》を発動して二人の話の内容をしっかりと聞く。

「レオという男じゃなかったのか？」

「そいつなんか足元にも及ばないぐらいやばいやつだ。ちょっかいかけた俺の部下を消しやがった！」

「死体があれば罪を問えるが？」

「どこにも見あたらねぇんだよ！　おかしな技を使いやがる」

ガフは吐き捨てるように言った。無造作に生えた髭がぶるぶると震える。

「それで試練に見せかけて殺すというわけか。しかし貰《もら》った金は日程を早めて順位をいじることに使ってしまったぞ？」

「計画変更だ。ケイカを確実に殺してくれ。事故でな」

デヴォロは綺麗《きれい》にハゲた頭をつるりと撫でる。

「方法はあるが、寄付が足りないな。官僚への根回しのためにもそれなりの金がいるのでな」

「殺せるならかまわねぇ。それはパーティーが全滅するのか？」

「そうなるな」

「ちっ、あの金髪女をおもちゃにしたいところだったが、しかたねぇな」

ガフは懐《ふところ》から金貨の詰まった袋を取り出した。

ただし、半分だけ机に載せて、残りは手に持ったまま。

デヴォロが訝《いぶか》しげに眉をひそめる。

「どうした？」

「キンメリクの親父がいなくなったら教会の後押しで俺が親父の娘の親権か結婚相手になるってのはできるか？」

ガフの目が狡猾《こうかつ》に光った。

――なぜそこまで親父にこだわるのかわからない。

デヴォロも同じ気持ちだったらしく、ますます眉間《みけん》のしわを深くした。

「なぜそこまでこだわる？」

「あいつには恨みがあるんだよ。やつの築き上げたものを全部奪わなきゃ、我慢できねぇんだ」

「――よくわからんが、勇者になったのなら親のいない娘を一人扶養するぐらい書類で誤魔化《ごまか》せるだろう」

「じゃあ、頼んだぜ」

ガフは手に持っていた残りの金貨を机に置いた。

小さな山を作ってキラキラと光った。

「任せておけ。ただし試験は突破しろよ。一番簡単な迷宮を用意するが、手助けはできん。人の目があるからな」

「わかってる。そっちこそ大金払ったんだから、きっちり仕事しろよ！」

ガフは大声で怒鳴ると部屋を出て行った。

静かになる室内。

デヴォロは首を傾《かし》げながら金貨を集めて部屋の隅にある金庫へ持っていく。

金庫の中は金や宝石でいっぱいだった。

デヴォロの顔が醜く歪《ゆが》む。

「ああ、なんて美しい。信用できるのはこの輝きだけだ。ぐふふ」

――副司教なんてやってるが、完全な俗物だな。

千里眼で覗くと金庫の中には宝石類のほかに書類が入っていた。

見れば、第二の試験内容だった。

――お。これ見ておけば、難易度インフェルノでもクリア可能なんじゃ？

ざあっと目を通した。

一桁《けた》台は簡単で、十六番目が一番難しいとわかった。

俺は全部覚えると屋根の上を歩き出す。

ガフを追いかけるつもりだった。

夜風が前髪を揺らしていく。

屋根の端から下を見れば、両手をポケットに入れて歩くガフが見えた。隣には部下を従えている。

大通りからそれて薄暗い通りへと入っていく。

酒場に行くのかと思ったが違うようだ。

しばらく屋根から屋根へと伝《つた》いながらガフを追いかけた。

とある裏路地で、ガフたちは暗闇に隠れた。

——何をする気だ？

前から決めてあった作戦のようで、彼らは行動する間、一言も喋らなかった。いまいち把握できない。

まあ、よからぬことだろうとは思うが。

——すると。

おじいさんが一人、胸に袋を大事そうに抱えて急ぎ足で走ってきた。

千里眼でちらっと中を見るとお金だった。店の売上を抱えているらしい。

そんなおじいさんの前に手下が躍り出た。いつの間にか顔には頭巾を被っている。

「な、なんじゃ！」

「抱えた袋をよこしな。命だけは助けてやる」

——強盗する気だったのか。勇者試験中だというのに大胆な奴らだ。

お爺さんは後ずさりながら叫んだ。

「ひっ、どろぼー！」

「うるせぇ！」

手下は一瞬にして距離を詰め、剣の柄でおじいさんの頭を殴った。

お爺さんは道へ投げ出されるように倒れる。地に落ちた布袋を手下が拾い上げた。

手下は剣をちらつかせながら言う。

「胸元にも入れてあるだろ。さっさとよこしな、じじい」

「こ、これは仕入れの金……明日から商売が……」

その時、物陰から声が飛んだ。

「時間掛けすぎだ、やっちまいな」

「りょうかいっす」

物陰にいたガフの指示を受けて、手下は剣を振り上げた。

――やれやれ。

俺は屋根を蹴って現場近くの道へ降り立つ。

そしてわざとらしく大声で言った。

「なんかこっちで声がしなかったか？　おーい、騎士さんたち、こっちだ」

「くそっ。ずらかれ！」

ガフの舌打ちが暗闇に響《ひび》いた。

そして静かな足音を立てて逃げ去った。

俺は倒れたおじいさんのところまで行く。

おじいさんは頭から血を流してうわごとのように呟く。

「店……売上……」

奪われたのは売上金だけのようだ。仕入れの金は無事だった。

――ていうか、思ったより怪我がひどいな。

俺はすぐに《快癒《かいゆ》》を唱えておじいさんの怪我を直してやった。

けれども意識を取り戻さない。

このまま放置したら仕入れの金まで盗まれるかもしれない。

俺は溜息を一つ吐くと、おじいさんを抱えて騎士団詰め所のある街外れへと向かった。

その後、おじいさんは詰め所の脇に放置した。すぐに騎士たちが見つけて保護されていた。

それを見届けてから、またガフのところへと向かった。

闇夜の下を、家から家へと屋根を走る。

そして売上金を手に入れて陽気な笑顔のガフたちを見つけた。

がははっ、と笑いながら繁華街のほうへと歩いていく。酒場へ行くようだ。

――今なら殺れるか？

と思ったが、通りには微妙に町人がいるので無理はしないことにした。

それにどうもガフは部下を消したことを気にしているらしく、一人にはならないようにしている様子がうかがえた。

妙に頭の回るやつだ。腐っても山賊頭ということか。

俺は地上へ飛び降りると、やつの後をつけていった。

暇なので、さっき覚えた試験内容を反芻《はんすう》しながら。

「ていうか、二組同時で早いもの勝ちだろうに一つ目が百人抜きか。二層目は闇夜の戦い、三層目は謎なぞ解き。四層目が迷路。五層目が墓場。時間かかりそうなものばっかりだな。どう時間を短縮するかがポイントだな」

その方法を考えながら夜の街の屋根から屋根を、下駄の音をさせずに歩いていった。

◇　◇　◇

ガフは明るい光の漏《も》れる酒場に近付いた。

扉を開けると中の喧騒《けんそう》が流れ出す。荒くれ者たちがたてる汚い笑い声が響いた。

物陰から観察を続ける。

ガフは他の客に注意を払いつつ、店の隅のテーブルに向かう。

そして酒場の隅に陣取ると、声を抑えて話し始める。

「予定よりは少ないですが、当分は何とかなりますね」

「くそっ、予想外の出費で金がねぇってのに」

「人が入ってこないよう見張らせておいたんですがね。どこから入ってきたのか」

——屋根を伝って上から来たのは奴らにとっても想定外だったようだ。そりゃそうか。

ガフはぐいっと酒を煽るとコップをテーブルに叩きつける。

「きっとあの男だ」

「ケイカです？」

「あの野郎が来てから碌なことがねぇ。あいつだけは確実に殺さねぇとな」

「教団とのほうはうまくいったんですかい？」

「それは問題ねぇな。やつも殺れてミーニャも奪えるよう、話をつけてきた」

「さすがっす！　……でも、なんでミーニャにそこまでこだわるんです？」

——お。それは俺も知りたかった。

すると、ガフは酒を一気にあおって、ぷはーっと熱い息を吐いた。

「親父だけは許せねぇ。俺の女を奪ったあげく、アジトの場所を騎士団に垂れ込みやがったからな」

「まじっすか⁉　俺の入る前の話っすよね？」

「もう十年以上も前だ。あいつだけは、絶対許せねぇ！　何もかも奪ってやる！」

ガフはぎりぎりと音を立てて歯軋りをした。

——そんなことがあったのか。

でもそれって、ただの逆恨みじゃないか？

魅力のある男になびくのは当然だし、山賊を通報するのも当然だ。

ひょっとしたらもっと深いわけがあるのかもしれないが。

部下がガフのグラスに酒を注《そそ》ぎつつ、へらへら笑った。

「頑張ってください、ボス。きっとうまくいきますぜ」

「当たり前だ。俺はこんなところで終わる人間じゃねぇ。子供の頃から欲しいものは全部手に入れてきた。今度も必ず手に入れてやる！」

へへっと部下の一人が追従《ついしょう》の笑みを浮かべる。

「勇者になったら思うがままですね」

「もう少しの辛抱だ……あのケイカって野郎だけは消さねぇとな。俺の過去をいろいろ知ってるみたいだった」

「ですね。きっと親父から聞いたんでしょうね」

「ケイカの次は――親父だな」

ガフは悪い顔をして言った。部下たちも、げへへっと笑う。

――やれやれ。身の程知らずのクズどもめ。

まあいい、お前らがでかい口叩けるのも今のうちだ。――けれど、ここまで愚弄《ぐろう》されたからには普通の死に方はできないと思え。

どんな方法で、悲惨な結末を迎えさせてやろうか……。

その時、夜風がひゅううっと吹き抜けた。和服の裾《すそ》がはたはたと鳴った。

「とりあえず、帰るか」

俺は冷たい夜を宿に向かって歩いていった。

◇　◇　◇

宿に帰ると、まだ明かりがついていた。

一階の酒場には、カウンターに座る親父がいた。ほかに客はいない。

そのせいか、とても静かだった。たまに吹く風が窓をカタカタと鳴らしていった。

「まだ起きてたのか」

「帰ってきたか、ケイカ……伝えたいことがあってな」

「ほう。俺も頼みたいことがあったんだ」

「なんだ？　――まあ座れ」

親父が新しいコップに酒を注ぎながら言った。

俺はカウンターに並んで座る。

冷めたフィード焼きの入った小皿がつまみとして置いてあった。

酒を一口飲んでから話す。

「親父、帽子か兜《かぶと》で余ってるのはないか？　頭の防具がいい」

「う～ん、鉄仮面が一つ、埃被《ほこりかぶ》ってたな」

親父は無精髭の生えた顎を撫でつつ、眉間にしわを寄せた。

「それ、もらえるか？」

「いいぜ。使ってないからな」

「助かるよ……で、親父の伝えたいことってなんだ？」

「……謝罪、だな」

声のトーンを落としていった。

一瞬、考えるがすぐに理解する。親父が本気で詫《わ》びを入れる……つまり、パーティーメンバーを集められなかったというわけだ。

俺は気にせず答えた。

「仕方ないさ。例年と違って日程が早まったんだから」

「面目ない。半数は連絡が付かず、残りは他《ほか》の勇者候補に大金で雇われてしまった」

「まあ、そうなるか。俺だけでも突破できるとは思うが……」

《千里眼《せんりがん》》や《真理眼《しんりがん》》を使えば真っ暗闇も迷宮も俺にとっては明るい一本道と変わりない。でも、セリィを守りながら即死トラップを抜けられるだろうか。

親父がぐいっと酒をあおるように飲んだ。

「そいつぁダメだ。最低でも三人いる。盗賊スキル持ちがいないと試練の塔は大変だしな。しかもおれはお前に約束したんだ。約束守れないなんて男の恥だぜ」

「あてはあるのか？」

親父は自分自身を指差した。

「おれを連れて行け」

「な！　親父が⁉」

「おれはこれでも昔、山賊の頭をやってたんだよ」

「ほう」

「いろいろあって足を洗ってな……十三年前、ここで商売を始めたんだよ」

「ミーニャに関わりがありそうだな」

ミーニャの歳《とし》が十三歳だった。

それに、ガフの言う裏切りが十年以上前……。

親父の目が苦悩で歪む。

「……妻の最期の願いだった……この子をどこかまともな場所で育てて、と」

「そうだったのか――その山賊ってガフと関係あるのか？」

親父は酒を一口飲むと溜息《ためいき》を吐《つ》いた。

「さすがだな、ケイカ。お前に隠し事はできねぇな……ガフはかつて仲間だった。だからやつを断れなかった。過去をばらすぞと脅されてな」

「なるほどな。それは仕方なかったな」

俺が慰めると、親父はぶんぶんと頭を振った。短い髪をバサバサと揺らして、酒を一気に飲み干す。コップをカウンターにガンッと叩き付けた。

「それは違うぞケイカ！　おれはお前の言葉にハッとしたんだ！『お前はそれでも父親か？』って言われた時に、自分の間違いに気付いたんだよ！　そうだった、おれは酒場の親父である前に、ミーニャの父親だった！　商売ができなくなることを恐れるんじゃなくて、おれが娘を守るために戦わなくちゃいけなかったんだ。本当に目が覚めたよ。この十年、必死で店を軌道に乗せようとするあまり、一番大切なものを忘れちまってた」

「そうか……そいつはよかった」

俺が同意すると、親父は少し酔った目で、睨むように見つめてきた。

「だから、おれを連れて行け。絶対罠は解除してやる」

「――わかった。頼りにするからな」

「おうよっ」

親父は二人のコップに酒を注いだ。

どちらからともなくコップをぶつけあって乾杯した。

そして夜も更けて寝室に帰ると、親父から貰った鉄仮面に色を塗った。

禍々《まがまが》しい模様の仮面になる。

さらに塗料が乾く前に、両手で持って呪文《じゅもん》を唱えた。

「蛍河比古命《けいかひこのみこと》の名において　止水の悔念　無風の苦念　激しき恨みに焚《た》き狂え――《呪念付与《じゅねんふよ》》」

鉄仮面の模様が蛇のように動いて呪《のろ》いを固着させる。

仮面は禍々しい濁ったような青いオーラを発するようになった。

神だから、呪いの装備を作るぐらいたやすいものだ。

【邪神の仮面】異界の神の呪いがかけられた仮面。すべての能力値を飛躍的に上昇させる。しかし仮面は外せず、破壊の衝動を抑えられなくなる。

――問題はトーナメント戦までに、どうやってガフに渡すかだな……。

「まあ、そのうち考えるか」

「あぅ……ケイカ、さま……？　どうされました……？」

ベッドに寝ていたセリィが身じろぎした。

「いや、なんでもない」

仮面を棚に放り込むと、セリィの隣に横たわった。

抱き枕《まくら》代わりに、ぎゅうっと抱き締める。豊かな胸が柔らかく潰れた。

「ひゃっ……ケイカさまぁ」

寝惚《ねぼ》けているのか、甘えるような声を出す。

寄り添いながら華奢な腰や小ぶりなお尻《しり》を撫でて、柔らかな体温を楽しむ。手のひらに心地よい。

そんな事をしていたら、いつしか俺も寝た。

五章

試練の塔！

三日後。

朝から空は青く輝き、気持ちの良い風が吹いていた。

試練の塔のある広場には勇者候補のパーティーが集まっていた。だいたい三〜六人のパーティーを作っている。

大型のスクリーンが設置され、人々が集まっていた。

街のあちこちにスクリーンが置かれていた。賭《か》けまで行われている。

俺《おれ》は四人パーティーで挑戦することにした。

俺、セリィ、親父、大男。

大男は俺よりも背が高く横幅もある。全身が暗い色のフードで包まれていた。

そして全員、リュックサックのような大きな袋を背負っていた。

この大男が対ラピシアのための秘密兵器。

他《ほか》のパーティーにも体格のいい猪《いのしし》の獣人なんかもいたので問題にはならなかった。

辺りを見ていると、ガフと目が合った。大剣を背負い、似合わない豪華な鎧《よろい》を着ている。

やつは汚い顔を大げさにしかめて唾を吐いた。

「今日がお前の最後だ。覚悟しとけ」

「ほう、面白《おもしろ》い。お前のほうこそ頑張って生き延びろよ」

「ほざけ！　ろくなメンバー集めてられねぇだろ。こっちのマズは何度も助っ人で参加してる経験者だからな——お？」

「なにか用か？」

親父が嫌そうに眉《まゆ》をしかめる。

ガフが俺の後ろに並ぶ親父を見るなり、目を見開いた。

「まさか⁉　あ、そうか……へへっ、運がコッチに向いてきたぜ」

「何の話だ？」

「まあ、せいぜい頑張れよ——ははっ」

ガフは急に機嫌が良くなり、仲間たちの元へ帰っていった。

その仲間のうちに一人、俺と同じぐらいの背丈をした、細身の男がいた。山賊みたいな服じゃなければ女でも通用しそうな美形。頬《ほお》にある傷で台無しになっていたが。

こいつがマズか……弓士の山賊だったな。

この日のために挑戦させていたというわけか。

セリィが心配げな声で言う。

「経験者を連れてるのは有利ですね」

「なに、心配ない。俺がいればなんとかなる」

第一、今日どんな試練を受けるか、俺はすでに知ってるんだからな。

ガフとしては即死罠《わな》で親父と俺を殺せると思ったようだが、対策はバッチリだ。

残念だったな、ガフ。

それにこの三日間、何も遊んでいたわけじゃない。あちこち出歩いて、いろいろ調べたり老人を助けたりした。

ガフの命運は勇者試験で消える。

――と。

内心でほくそえんでいると広場に明るい声が響き渡った。

「さあ、王都クロエにお集まりの皆さん、そして勇者を目指す若者たち！　勇者になるための第二の試験、試練の塔の始まりですよ～！」

広場の隅で司会の女性が叫んだ。

「「「うぉぉぉ!!」」」

観客が盛大な歓声で応《こた》えた。

それにしても広場の周りは人でいっぱいだった。大通りの方にまで人々が集まっている。野次や歓声を飛ばしていた。

フィード焼きの屋台は大繁盛。

司会が言う。

「さあ、みなさん賭けましたか？　用意はいいですか～？　泣いても笑っても一蓮托生《いちれんたくしょう》！　では一次試験を通った十六名の紹介です！」

筆記試験の結果順に紹介されていく。俺は当然十六番。

ガフが呼ばれたときだけブーイングが起きた。街の人たちに相当嫌われているらしかった。

ちなみに、この試験では一位と二位、三位と四位といった感じで二組同時に突入する。相手より先に突破したものが勝ち。最低でも半分の脱落者が出る。

そして三十分ごとに後続が入っていく。

いっせいに入らないのは見てる観客が混乱するからだった。

親父は俺にかなりの額を賭けたらしい。ラピシアの攻略がすんなりいけばいいんだが、少し心配だった。

パーティーの紹介を終えた司会が、息を吸い込んで大きな声で言う。

「さあ、全五層の内部を相手より先に突破して、屋上に上がってこれるでしょうか⁉　各組の制限時間は六時間！　砂時計が落ちるまでです！　第一組ガフ&ハンス、いざ突入してください！」

「「「わぁぁぁ！」」」

歓声がひときわ大きくなり、近くの家の屋根にいた小鳥が驚いて青空へ飛んでいった。

ガフは余裕で1と書かれた扉をくぐり、ハンスと呼ばれた農夫のような男は緊張した面持ちで2と書かれた扉へと入っていった。

スクリーンに二組が映し出される。ガフは知ってるかのごとく、ぐんぐん進んでいく。

一方でハンスは謎解《なぞと》きで躓《つまず》いたようだった。

後ろにいるセリィが美しい顔をしかめて言う。

「勇者を選ぶ神聖な試練ですのに、こんなにも大勢の人に見られて。まるで見世物ですわ……」

「まるで、じゃなくて、本当に見世物にしているんだろう」

親父が暗い顔をして言う。

「魔物の脅威は増すばかり。何かでウサ晴らししないとやってけねぇのさ」

そういや四天王を一人倒したが、少しは影響はあるのだろうか。

いや、筋肉バカのようなやつだったから、それはないか。

「というかこれ、俺は今から四時間も待たされるのか」

「しかたねぇよ。そういう決まりなんだから」

「まあ、先に抜けたほうが得になったりはしないから別に構わないか」

すると親父が観客たちのほうを見て手を挙げた。

「――お、きたきた！　茶でも飲んでゆっくり待とうぜ」

見ればミーニャがいた。頭に帽子をかぶって猫耳を隠している。尻尾《しっぽ》も見えない。手には蔓《つる》を編んで作った籠《かご》を持っていた。

俺たちはミーニャの傍《そば》へ行く。広場の空いている場所で輪になって座る。

「これ、お茶。あと、おべんと……作った」

「それは助かる。俺たちは昼からになりそうだからな」

お茶を受け取ると、ミーニャが手を包むように握ってきた。

「ケイカお兄ちゃん……死なないで」

「俺が死ぬはずないだろ。勇者どころか勇武神になる男だからな」

俺は力強く彼女の小さな手を握り返した。

ミーニャは頬を赤く染めて、俯いた。隠したはずの黒い尻尾がはたりはたりと喜ぶように揺れていた。

「さあ、第二組突入してください！　――おおっと、いきなり落とし穴だー！　これはわからなくなってきました！」

司会の女性は実況中継をして場を盛り上げ続けていた。

◇　◇　◇

昼になり、俺たちの番がやって来た。

塔の傍で待機する。

女性司会者は疲れ知らずの元気な声で叫ぶ。

「おおっと！　第三組が出てきました！　勝者レオ！」

あの青髪の好青年が塔の屋上に現れた。同じパーティーだろうか、長身の男と小柄な少年もいた。

レオは屋上の端まで来ると白い歯をみせて微笑《ほほえ》み、観衆に手を振った。

きゃーと華やかな声援が女性たちから上がる。

まるで本物の勇者のような人気振りだった。

女性司会が高らかに言う。

「さあ、時間がやってまいりました！　最終組の出発です！　ケイカ&テオドリック、突入してください！」

うぉぉぉ！　と応援する声が飛ぶ。

「頑張れよ、兄ちゃん！」「楽しませろよ！」「親父ぃ、死んだらミーニャちゃんの面倒見てやるからな！」

「うるせー！　お前らなんかに娘をやれるか！」

親父が血相を変えて怒鳴り返した。

そんな応援に混じるミーニャのか細い声を、俺の耳は拾った。

「頑張って……ケイカお兄ちゃん」

振り返って手を振ると、俺は16と書かれた扉を押して入った。

中は薄暗い。

床は敷石で覆《おお》われ、壁も石を組み上げて作られている。

高さ、横幅ともに二メートルほど。意外と広い。

正面には両開きの扉。

天井《てんじょう》には等間隔に明かりが灯っている。

見上げながら言った。

「たいまつやランプを用意しなくていいのは便利だな」

「中継映像が見えなくなるからな」

「なるほどね」

セリィが袋を背負いなおすと、金髪を揺らして強く頷《うなず》く。

「まいりましょう、ケイカさま」

「ああ、親父、先頭を頼む。次が俺と大男、最後はセリィだ」

「はいっ」「あいよ」

警戒しながらゆっくりと進みだす。

そして歩きながら俺はすべてを見抜く目《真理眼《しんりがん》》を発動させる。

すると壁に異変を知らせるウインドウが浮かんだ。

【隠し扉】

「おや？　入ってすぐのところに隠し扉があるぞ」

すると親父が振り返って答えた。

「よくわかったな。さすがケイカだ」

「使わないのか？」

「そこは上の階に行く階段で、施設のメンテナンス用なのさ。専用の魔法鍵《かぎ》がないと通れねーんだ」

「なるほど」

ということは、石の棺は上の階に運ばれたというわけか。

実際、この階からあの怨念のこもった嫌な気配は感じなかった。

罠などはなさそうだったので、通路を進んで正面の扉を開けた。

中へ入ると、とても広い部屋だった。

小学校の運動場ぐらいはある。端は暗くて見えなかった。

部屋の奥には別の扉があった。出口はそこだけ。

そして部屋の中には冒険者風の人間がずらっと並んでいた。

その数、百人。

リーダーらしき短髪で長身の男が進み出てくる。

「良く来たな、勇者候補。ここでの試練は百人抜きだ！　順番を決めて一人ずつ戦うが良い。手出しは無用だ」

「ええ⁉　百人なんて多すぎますわ！」

「何日かかっても終わらねぇぞ！」

セリィと親父が驚きの声を上げた。

――まあ、先に知っておかなかったら驚くだろうな。

しかし俺は太刀を抜くと男へと近付いた。

口の端を歪《ゆが》めて笑いつつ、もう一つのルールを口にする。

「なぜその方法しか言わない？」

「なに⁉」

「百人抜きの制度にはもう一つルールがあっただろう？　俺はそっちを選ぶ」

リーダーは目を見開いて怒鳴った。

「ばかな！　勇者試験の開始以来、一度も挑戦したものがいなかった制度だぞ⁉」

「そりゃ、挑戦したやつらが弱かったからだろ？　――いいぜ、いつでも。全員でかかってきな」

左手を前に出し、くいくいと手招きして煽《あお》った。

――一応、全員のステータスを《真理眼《しんりがん》》で確かめたが、大して強くない三流冒険者ばかりだった。

リーダーのこめかみに血管が浮き上がる。

「き、貴様ぁ！　お前ら、行くぞ！」

「「「うぉぉ！」」」

並んでいた冒険者達がいっせいに武器を手に取った。

俺は振り返りもせず太刀を構える。

「セリィ、親父！　巻き込まれないよう離れてろ！」

「け、ケイカさまっ！」

「俺のことは心配するな！　むしろ相手を気遣ってやれ」

斧《おの》を持った大男が切りかかってきた。

「ほざけぇぇぇ！」

斜め上から振り下ろされる斧を、俺は半歩下がってギリギリでかわす。

そして右手を軽く振った。

「――《水刃付与《すいじんふよ》》」

波打つように広がる青い光の刀身で、男の肩を切り裂いた。

「ギャアアア！」

モンスターのような叫び声をあげて男は倒れた。

それを合図に、冒険者たちが襲い掛かってきた。

俺は一歩踏み込み青く光る太刀を振る。

ザッ、ザンッ！

「うわぁぁ！」「ひぎゃああ！」

腕や腹を切られた男たちが転げまわる。

矢を放つ者もいたが、刀で弾《はじ》いて届かせない。

それでも次から次へと襲ってくる。

――逃げないことだけは褒めてやりたい。

ふっと俺は笑みを浮かべつつ、和服の裾《すそ》をはためかせて相手へ接近した。

斬って斬って斬りまくる。

時には相手の武器ごと斬り捨てた。どれだけ鍛えた名剣だろうと、神の武器の前には豆腐のよう

にすぱすぱ切れた。

十分もかからないうちに、百人の冒険者は全員床に転がった。

一応、殺しはしていない。

「まあ、こんなもんだろ」

俺は太刀を振って血を飛ばし、腰の鞘《さや》に収めた。

セリィが金髪を後ろになびかせて駆け寄ってくる。

「さ、さすがです、ケイカさま！　お怪我《けが》はされてないでしょうか⁉」

「全然。いい準備運動になったな」

実際、俺にとっては軽い運動だった。

本気出せば最初の一刀で、全員を斬り捨てることだってできた。

――だが、それをしてしまうと、あまりにも人間離れしすぎてしまう。

中継映像によって大勢が見ている今は、あくまで人間のふりをしなければいけなかった。

面倒だが、仕方がない。

親父が頭を振りながら傍へ来た。

「すげぇよ、ケイカ。強いやつだとは思っていたが、ここまでとはな……全部かわしちまうなんて……」

「そんなにか？　魔法で強化してるやつもいたから、これぐらいはいいかと思ったんだが」

俺の答えに、親父の口が驚きのために半開きになる。

「……これ以上のことが出来るってのかよ……もう驚くしかねぇぜ」

というか俺は三流人間の攻撃では傷つかないから、喰《く》らうと逆に化け物呼ばわりされてしまう危険性がある。

だから全部避ける必要があったのだ。

「まあ、勇武神にまで登りつめようとしてるんだ。これぐらいできないとな――と、こいつか」

俺は寝転がるリーダーを見つけて胸倉を掴《つか》んで起こした。

斬られた肩が痛むのか顔をしかめる。

「ぐっ！　お、お前、なにもんだよ……」

「ただの勇者候補だ。次の階に行ってもいいんだろう？　――それともまだやるか？」

「ひぃっ！　わ、わかった！　鍵を渡す！　これで向こうの扉を通ってくれ！」

リーダーはポケットから銀色の鍵を取り出した。

「おっけー。あとは早く治療してもらえよ。――じゃあな」

リーダーを投げ捨てると、俺は広間の奥にある扉へ向かった。

親父が小走りで隣へ来る。

「鍵、貸しな。罠があるといけねぇ」

「そうか、任せる」

鍵を受け取った親父は、走って扉へ向かった。すぐにしゃがみこんで調べに掛かる。

《真理眼《しんりがん》》で見たが罠はなかったので任せることにする。

するとと、セリィがスカートを揺らして傍へ来た。

「力になれなくて申し訳ありませんでした」

「気にするな。傍で応援してくれるだけで力が湧く」

「はぅ……ありがとうございます。では、この調子で頑張りましょう！」

セリィが青い目を細めて微笑んだ。白い歯が光る。

見ているこちらも思わず微笑みそうになる癒《いや》しの笑顔。

——この笑顔、守らないとな。

「おう、任せとけ！」

俺とセリィは微笑みあうと、親父が開けた扉へと向かった。

上へと続く階段が見える。二階は幕が張ってあるような感じで見えなかった。

異空間を使う技術らしいから、踏み込むまではわからないのだろう。

階段を調べていた親父が顔を上げて言った。

「罠はないぜ」

「行くぞ。次の階層は闇《やみ》の中での戦いらしい。気を抜くなよ」

「はい、ケイカさま！」「闇は得意だから安心しなっ」

二人の頼もしい声とともに、俺は階段を上がった。

◇　◇　◇

午後の暖かな日差しの降る、塔の広場前。

スクリーンを見つめる観客たちが興奮でどよめいていた。

司会の女性が叫ぶ。

「なんということでしょう！　伝説の百人抜き試練をたったの十分で終わらせました！　しかも乱戦形式での突破は史上初！　すごい、すごいです！　十六番のケイカパーティー！」

うおおおお！

観客たちがますます盛り上がる。

「なんだ、あいつ、すげえ！」「一瞬だったたわね！」「きた！　大穴きたこれ！」「ちくしょう、賭けてねぇ！」

一気に注目が集まった。

そんな中、ミーニャだけがささやかに膨らむ胸の前で祈るように両手を組んでいた。

「ケイカお兄ちゃん……頑張って」

「最終組の相手テオドリックはまだ一階層目の謎解きで苦戦中！　ケイカパーティー大幅リードです！」

彼女の祈りは司会の華やかな声にかき消されていった。

◇　◇　◇

一方その頃《ころ》。

試練の塔の広場から少し離れた場所にある、ヴァーヌス教の管理する建物があった。

試練の塔の内部中継を司る建物。

壁一面に無数のスクリーンがある管理室にて、二人の男が言い争っていた。

山賊風の男――ガフが机をドンッと叩《たた》きつつ、荒々しい声で叫ぶ。

「何やってんだ！　殺すどころか、もう一階層目を突破されたじゃねぇか！」

「ふん、何を喚いている。『もう』ではない『まだ』一階層目だ」

白いローブのような司祭服を着たデヴォロが不敵に笑った。

ガフはゲジゲジのような太い眉を寄せて睨《にら》む。

「本当か？」

「いきなり奥の手を使うほどバカではない。いろいろと準備があるしな――命を奪うのは時間をかけて尊厳を地に落とした後でもよかろう」

「ほう？　何をする気だ？」

「ふふん、次は闇の決闘だ」

その言葉に、ガフがニヤリと笑った。黄色い乱杭歯《らんぐいば》がのぞく。

「そいつぁ、楽しみだ……どう動くか見ものだぜ」

くくくっと悪そうな含み笑いが管理室に響いた。

◇　◇　◇

試練の塔、二階層目。

階段を上がった俺たちは、薄暗い通路を歩いていた。

敵は出てこなかったが、罠が増えて移動速度が落ちる。

ランプを灯したが、それでも妙に薄暗いため、親父は解除に苦戦していた。

セリィが警戒しながら言う。

「この闇、魔法でできてるようですわ」

「そのようだな。まあ、俺には見えているが」

どれだけ真っ暗闇であろうとも、《真理眼《しんりがん》》で見れば罠やアイテム、魔物などのステータスウィンドウがその場にポップアップするので、何があるか丸わかりだった。

親父が腰の袋に道具をしまいながら立ち上がる。

「よし、できたぜ」

「次はあの曲がり角に酸の床だな」

「……本職より早く見つけるなよ。自信なくしちまうじゃねーか」

そう言って親父は苦笑しながら肩をすくめた。

セリィが首を振った。

「申し訳ないですわキンメリクさん。ですが今は、相手より早く突破することが最優先ですから」

「いいってことよ。リハビリには丁度いいな」

俺は千里眼で外のスクリーンを見た。相手のテオドリックは一階層を終えようとしていた。

せっかく稼いだ時間が失われていく。

「相手もペースを上げてる。急ごう」

「はいっ」「おうよ」

元気な返事に少し心が軽くなった。

その後も通路を進んでいった。着実に罠を解除しながら。

しばらくして丁字道を右に曲がると、少し広い部屋に出た。

部屋の中は闇に包まれ、何も見えない。

しかし生き物の気配がした。

「な、なんでしょうここは？」

「気をつけな、嬢ちゃん。何かいるぜ」

「ここが『闇での決闘』の試練か……俺に取ってはどうってことないな」

闇の中でも戦い続けられるかを試す部屋。どんな明かりも無効になる闇の中で敵に襲われるという。

《真理眼《しんりがん》》を発動して見た。

表示されたのは【天蓋付きベッド】と【サキュバス】だった。

――ほう？　闇に生きる魔物か。

すると部屋の中央から声がした。

「来た来た。おっそいじゃ～ん」

場違いに明るい声とともに、ぼうっと魔法の光が灯り、闇を払った。

ピンク色の天蓋付きベッドが照らされる。良く見れば壁や天井もピンク色だった。

なんだかいかがわしい雰囲気になる。

そしてベッドの上には局部だけを紐《ひも》で隠した、ほぼ全裸の少女がうつぶせに寝そべっていた。両手で頬杖《ほおづえ》を突き、桃色の髪が広がっている。

見た目の年齢は十六歳ぐらいか。しかし白い頬、大きな瞳《ひとみ》は淫靡《いんび》な笑みに彩《いろど》られ、ぷっくりとした赤い唇を舐《な》める舌が年齢的なギャップがあってとても扇情的だった。

ただし、背中の小さな羽根と先の尖った尻尾がパタパタと楽しげに動いていた。

待ち人が来て嬉《うれ》しいらしい。

俺は首を傾《かし》げながら尋ねる。

「お前と戦えばいいのか？」

「そうよぉ。ただし、普通の戦いじゃないのっ！　――見て！」

彼女はほっそりした指先で、部屋の奥にある扉を指し示した。

空っぽの砂時計のようなものが扉にはめ込まれている。

「なんだ？」

「アタシが快楽的に満足すると砂時計のゲージが溜《た》まっていくの。ゲージが満タンになったら扉が開くのよっ！　──つまり、ベッドの上で繰り広げる、大人の戦いなのっ！」

「「「えええええ⁉」」」

俺たちは同時に叫んだ。

──こ、これは予想外の戦いだ！　淫魔をエッチで満足させるだと⁉

しかも中継されてるじゃないか！　俺のプレイが人々の知るところにっ！

「な、なんて卑怯《ひきょう》な試練なんだ……っ！」

俺は愕然《がくぜん》として答えた。予想外すぎて頭が真っ白になりかけだった。

セリィが金髪を振り乱して抗議の声を上げた。

「こんなのおかしいですわ！　ふしだらな行為をさせるなんて、勇者にさせることですか！　しかも全部中継されるのに！　男の人の心を弄《もてあそ》ぶなんて試験ではありませんわ！」

すると、サキュバスは横向きに寝る姿勢を取りながら、頬杖を付いて流し目を向けた。お椀《わん》型の胸と腰のくびれとお尻《しり》のなめらかなラインが強調される。エロい。

「あら？　別にアタシは相手が男じゃなくてもいいんだけど？　処女を快楽の泉に落とせるなんて楽しみだわぁ。うふふっ」

コウモリに似た小さな羽根がパタパタと鳴る。

うっ、とセリィは息を詰まらせた。白磁のような頬が赤く染まる。

俺は思わずセリィを見るしかない。

――幼さの残る妖艶《ようえん》な少女と、純真な美少女。

セリィはかなりの巨乳だし、ふたりのもつれ合う姿を想像すると、なかなかいい絵になるな。

そんな事を考えていたら、バシッと腕を彼女にはたかれた。

「何かいやらしいことを考えられてますね、ケイカさま！　そんなことはいけません！　めっ、です！」

耳まで真《ま》っ赤《か》になりながら、涙目で俺を見上げてくる。でも、心なしか彼女の呼吸が荒かった。

サキュバスは寝そべったまま、すらりと長い脚を組み替えた。赤い唇に細い指を当てて舐め、もの欲しそうな瞳を向ける。

「ねぇ、まだぁ？　アタシ、早く満足したいんだけど？　勇者たちだって、時間ないんじゃないの？」

「くっ！」

――実際、そのとおりだった。

試練の塔はタイムアタック要素もある。同時に入った相手より先に突破しないと敗北になってしまう。

すると親父が背負っていた袋を床に落とした。

悔しげに顔をしかめつつ、一歩踏み出す。

「ちくしょう、ケイカ！　ここは俺が引き受けるしかねぇ！　――天国の母ちゃん、すまねぇ！

これは恩人のためなんだ、仕方がねぇんだ！」

そう言いながら、いそいそと上着を脱ぎ、ベルトを外していく親父。

この男、ノリノリである。

俺とセリィはジト目で睨む。

「おい、おっさん。エロおっさん。やる気満々じゃないか」

「そうですわ、キンメリクさん。そんなにウキウキとベッドへ近付いて。ミーニャちゃんが見ているのですよ」

「うっ――！」

親父の動きが固まった。さすがに娘の名前を出されると辛《つら》いらしい。

きゃはっ、とサキュバスが可愛《かわい》い声で笑った。

「そーんなね、人の目なんか気にしてたら、突破できないよん。てか、話し合ったたって無駄ムダ～。アタシが人間一人だけで満足するはずがないじゃんっ――ね？　だから早くエッチしよ？」

サキュバスは上体を起こすとベッドに片手を付き、華奢《きゃしゃ》な肢体を捻《ひね》った。形の良い胸が弾むように揺れる。

親父が、ごくっと唾を飲む。彼女の若く艶《なまめ》かしい肢体を凝視する。

見れば、セリィも軽く開けた唇から、可愛らしい呼吸を浅く繰り返していた。

――あ、これは魅了されたな。魔法的ななにかで。

俺は、溜息《ためいき》を吐《つ》いて頭をポリポリと掻《か》いた。

「サキュバス、お前――」

「あ、アタシの名前はステラよん♪」

「ステラ、一つ聞きたい」

「なあに？　経験してきた男の人数？　うふっ、それはアタシの体をもてあそんでからのお楽しみっ」

「そうじゃなくてだな。ステラの言う満足ってのは、エッチだけなのか？　それとも力を注《そそ》がないとゲージは溜まらないのか？」

ステラは軽く小首を傾げた。桃色の髪がサラッと流れる。

「あ～、どうなんだろ？　確かに体触られるだけより、お口やお腹《なか》に精気を放ってもらったほうがいいかも？」

「そうか。それなら、問題ないな」

「ほえ？」

俺は大股でベッドに向かった。

びくっとステラが怯《おび》えたように体を縮こまらせた。急な行動に驚いたらしい。

しかし、もう時間がない。このまま放置すれば親父とセリィとステラで３Ｐを始めかねない。

俺は二人に言った。

「親父とセリィはそのまま待機。俺がたっぷりと注いでやる」

「け、ケイカさまっ」

「ケイカ……」

「心配するな。すぐ終わる」

「言ってくれるじゃ〜ん。アタシを一人で満足させられた男なんていないんだからっ」

ステラがベッドに前のめりになりつつ、後ろへお尻を突き出した。女豹《めひょう》のように挑発的なポーズ。紐で先を隠しただけの胸に深い谷間ができ、柔らかく震えていた。

俺は彼女の細い腰に手を回すと、ぐいっと上に引き上げた。顔と顔が至近距離に迫る。

「だったら俺が、お前にとって初めての男だ──《神息授与《しんそくじゅよ》》」

「またまた〜口ばっかりの男は嫌われ──はむっ…………んんんっ⁉」

彼女の唇を言葉半ばで塞《ふさ》ぎ、思いっきり舌を絡《から》めあった。赤い唇の柔らかさに脳がしびれる。

けれども負けずに、ゆっくりと神の魔力を口から注いだ。

「んぅ‼　──んんぅ⁉」

ステラは大きな瞳を見開いた。裸同然の肢体を捻って逃げ出そうとする。

俺は彼女を逃がさないよう片手で抱き締めながら、ベッドに押し付け覆い被《かぶ》さる。

熱い魔力が、彼女の幼い口にたっぷりと注がれる。くちゅ、と湿り気を帯びた熱い粘液が音を立てる。

ステラは最初、必死で魔力を飲み干していった。しかし、吸っても吸っても俺の魔力は途切れない。

最後は俺の下で長い手足をばたばたさせて暴れた。

唇をずらして、切なげに喘《あえ》ぐ。

「はぁんっ――むりっ！　もういい、もうお腹いっぱいっ！」

「ゲージはまだだぞ？」

「やぁぁんっ！　――んぅぅ～！」

細い手足を押さえ込んで、さらに柔らかい舌を絡めあった。湿った裏側をなぞり、淫らな液体を混ぜるように動かす。

吸い付くようになめらかな肌にほんのりと赤みが差す。

抱き締める手に力を込めると、華奢な肢体がびくっびくっと跳ねるように痙攣《けいれん》した。

――と。

ぴーーー。

間の抜けた音が扉の方から響いた。

見ると砂時計の中が、ピンク色の光りで満たされていた。

俺はステラから体を離した。儚《はかな》げな唇から透明な糸を引いた。

「終わりか」

「はぁ……はぁ……キスだけで、こんなの――信じられない、よぉ……」

ステラは大きな瞳を潤ませ、荒い呼吸を繰り返していた。

幼児体型のようにぽっこり膨らんだお腹を押さえつつ、熱い吐息で喘いだ。時々、何かを堪《こら》えるように華奢な体を弓なりに反らして震えた。

半分、失神しかけの様子。

すると魅了の魔法が解けたのか、セリィが傍までやってきた。

「お、お疲れ様です、ケイカさまぁ」

なだらかな頬は赤く、声が甘えるように柔らかい。ステラとのバトルを見て興奮しているのだろうか。

俺はセリィの華奢な肩に手を置いてささやく。

「セリィにもしてやろうか？」

「なっ――!? そんなのだめですっ！ ここではっ――あ」

セリィは耳まで赤くなって俯《うつむ》いてしまった。

服を着終えた親父は気まずそうにやってきた。

「すげぇな、ケイカは。なんでもたやすくできちまう」

「まあ、勇者を目指すんだから、魔物にいちいち付き合ってられないからな」

「じゃあ、行きましょう、ケイカさまっ」

セリィが一刻も早く逃げたそうに、俺の背中を押しながら扉へと向かった。

親父も後に続く。

一度だけ振り返ると、サキュバスは手足を広げたあられもない格好で、まだはぁはぁと荒い息を繰り返していた。

砂時計の扉を出るとまた階段。

次の階層に向かって上っていった。

外の広場では、細かく喘ぐサキュバスの痴態がまだスクリーンに映し出されていた。

女性司会が驚きの声を上げる。

「なんというテクニックでしょう！　英雄色を好むといいますが、キスだけでサキュバスをいかせるなんて！　すごい勇者候補が現れました！　彼の名はケイカ！　神秘的な顔立ちの男性です！」

「「「うぉぉぉぉ！」」」

観客たちが、熱気のこもった声で叫んだ。

その中に混じって女性が頬を赤らめつつ、呟《つぶや》いている。

「気になるわ……」「痩せてるのにワイルドで素敵……」「どんなキスなのかしら……？」

「ケイカお兄ちゃん……ずるい」

ミーニャは心配そうな顔で画面を見ているものの、細い尻尾が怒ったようにぴんっと斜めに延びていた。

◇　◇　◇

妙な熱気と喧騒《けんそう》に包まれた広場とは違い、塔管理室の中は荒れていた。

ガフが唾を飛ばして大声で怒鳴る。

「どういうことだよ！　あっと言う間にクリアしちまったじゃねーかっ！」

デヴォロは眉をしかめつつも、冷静に言う。

「確かにあいつはおかしな技を使うようだな……仕方ない。次の階層は――と、謎解きか。モンスターハウスに変更しよう」

「出来るのか？　大丈夫なんだろうな？」

疑いの目を向けるガフに、デヴォロは悪い笑みを浮かべる。

「これは神から直々に作り方を指導していただいた階層だ。確実に殺せる。引っかからないやつはいない」

「ほう……あの『神』か。くくくっ、それは恐ろしそうだな」

ガフは髭面《ひげ》を汚く歪めて笑った。

◇　◇　◇

第三階層に俺たちは降りた。

一層目と似たような石造りの通路。高さは二メートルほどで変わらなかったが、幅は三メートルと広くなっていた。

しかし、階段を下りてすぐの床に白線が引かれ、その先の通路を見て俺は呆《あき》れた声を出した。

「なんだ、これ……」

俺の見る先。

まっすぐに伸びる広い通路には、どこまでもモンスターがひしめき合っていた。

【ソードスケルトン】剣だけを持つ白い骸骨。弱いが群れる。

【ガーゴイル】悪魔をかたどった石像。硬い。

【骸骨騎士】重装備の黒い骸骨。硬くて素早い。

【異形彫像《イビルスタトゥ》】不気味な魔神をかたどった石像。硬くて強い。

【リカバリーボーン】青色の骸骨剣士。強い。自動再生五分。

俺は首を傾げた。

――三階層目は謎解きじゃなかったか？　この魔物を倒しながら謎解きをするのだろうか？

ひょっとして簡単に突破してきたから、内容を変更してきたのか？

予想外だな。

俺は腰の太刀に手を添えつつ呟く。

「まあ、どのみち倒せばいいんだろう――ただ倒すだけであってほしいが」

するとセリィが壁に掛けられたプレートを見て声を上げる。

「ケイカさまっ。ここに文章が書かれています！」

「なんて書いてある？」

「台座に宝石を捧《ささ》げよ。さすれば道は開かれん、と書かれています」

「通路は一本道のようだが……進みながら探すしかないか」

念のため《真理眼《しんりがん》》で通路を調べた。罠は仕掛けられてなかった。

——当然か。知能の低い魔物が踏んでしまうからな。

魔物が密集した広い通路を見ていると、袋を背負ったセリィが金髪を揺らして横に立った。整った顔が決意で美しく引き締められている。

「頑張りましょう、ケイカさま」

「ああ、もちろんだ——親父も遅れるな」

「あいよ」

セリィが初めて細身の剣を抜いた。錆《さ》びた鉄のような刃。しかし俺の目にはその下に清浄な光を放つ銀の刀身が見えた。

親父は幅の広い、先の曲がったダガーを抜く。

俺も太刀を抜いた。魔法をかけて刃紋を緑に光らせる。二人の剣にも同じようにかけた。

「——《風刃付与《ふうじんふよ》》……行くぞ！」

「はいっ」

「おうよ」

後から無言で荷物を背負った大男が続く。

白線を越えた瞬間、左右から魔物が襲い掛かってきた。

「——《疾風斬《しっぷうざん》》！」

十体ぐらいいる魔物を横一列に斬り飛ばす。石像や骨の破片が辺りに散った。

すると、破片に混じって宝石が地面に落ちた。小指の先ぐらいの色とりどりの宝石。

親父が叫ぶ。

「こいつか！　集めりゃいいんだな！」

「俺が倒すから、親父は集めてくれ！　セリィは親父の護衛だ！」

「おう！」「はいっ、ケイカさま！」

さすが元山賊とあってか親父は凄い速さで宝石を見つけ出し、袋に入れていく。

セリィは辺りに注意を払い、俺の撃ち漏《も》らした魔物を細身の剣で突いて倒した。

俺は一歩踏み込んでは太刀を払い、次々と魔物を倒していった。

あまりの強さに後ろに続くセリィが驚きで目を見張る。

「全部一撃で……！　さすがですわケイカさま！」

「拾い切れねぇ！　なんて速さしてやがる！」

――これでも押さえているんだけどな。見られているから人間のふりをしないといけないのが辛い。まとめて全部倒したいところだ。

その後も倒しながら通路の奥へと進んだ。せっせと親父が宝石を拾っていく。

集めた宝石が袋いっぱいになった頃、突き当りの部屋へと来た。

ここへ来るまでに十五分ほどかかっただろうか。

部屋の奥には上へと向かう階段があり、その前には格子状の両開きの扉があった。しっかりと閉じられている。

手前には白い祭壇があった。祭壇には深いくぼみがあり、端にはロウソクの炎が揺れている。

骸骨の腰を砕きながら俺は言う。

「その祭壇に宝石を！」

「おう、任せろ！」

親父が身軽な動きで祭壇に近付き、皿のようなくぼみに袋の中身をぶちまける。

ザァァと軽《かろ》やかな音がして、綺麗《きれい》な宝石がキラキラと光った。

ゴゴゴ……と、階段を塞ぐ格子状の扉が五センチほど開いた。

俺は思わず舌打ちした。

「たったそれだけかよ！」

「百個以上入れたはずだぞ⁉」

「もっと、魔物を倒して宝石を入れないといけないようですわ……時間が」

セリィが苦しげに眉間《みけん》にしわを寄せた。

俺は部屋にいた最後の石像を粉砕する。

「でももう全部倒してしまったぞ。――ほかに何かあるのか？」

《真理眼《しんりがん》》で扉や祭壇を見た。

祭壇は白い大理石でできていて、大皿ほどのくぼみがある。それとロウソクを灯すための燭台《しょくだい》があった。

【祭壇】次の階層へ行くためのキーを置く場所。

キーってのが宝石だろう。これはわかる。

続いて奥にある両開きの扉を見た。牢屋《ろうや》にあるような格子状になっていて、扉の後ろには上へと続く階段があった。

【偽階層扉】上の階へ進もうと考える挑戦者を確実に殺すための扉。

ん？　偽？

「どういうことだ？　指示通りに動くのに殺される――？」

突然、ガコンッと壁の奥で何かが動く音がした。

通路を振り返ると、両側の壁が何箇所も開いてモンスターがあふれ出してきた。

百や二百の数じゃなかった。

今いる突き当りの部屋へと、波のように押し寄せてくる。喋《しゃべ》らない魔物たちだけに、妙な迫力があった。

唖然《あぜん》とした親父の口が半開きになる。

「これ、完全に殺しにかかってきてやがるぜ……」

「そ、そんな……勇者試験ですのに」

セリィは青い瞳を見開いて立ち尽くしていた。

「違うぜ、お嬢ちゃん。人の死ってのはそれだけで一種のエンターテイメントだ。だから確実に失敗するパーティーを作るのも見世物の醍醐味《だいごみ》ってわけだ」

「ひ、ひどいですわっ！　挑戦者のみなさんは魔王を倒すために必死で──っ」

セリィは悔しそうに赤い唇を噛《か》んで震えた。

俺は傍へ行くと、彼女の頭を優しく撫《な》でて慰める。

「セリィの気持ちもわかるけど、そういうものさ。──死なきゃいいだけだ」

「そうだぜ、嬢ちゃん。やるしかねぇ！」

「そうですね……ケイカさまがいるのに取り乱して申し訳ありません。お力になります、頑張りましょう！」

セリィが細剣をぎゅっと握り締めて構えた。

俺は微笑みながら頷いて太刀を持つと、部屋の入口へ立ちはだかる。

「雑魚《ざこ》が次から次へと！　逆に好都合だ、覚悟しろ！」

太刀に魔法をかけなおし、青く光らせてから押し寄せる魔物に立ち向かった。

さらに三十分は戦った。

倒しても倒しても、新しく生み出されて押し寄せてくる。

宝石の数が稼げるのはよかったが、これ普通のパーティーなら全滅確実だろう。

祭壇を何度も往復していた親父が叫ぶ。

「ケイカ！　十五センチほど開いたぜ！　もう少し頑張れば、頭が通る！　そうすりゃこの階ともおさらばだ！」

「でも、それでは……」

真理眼で奥の階段を見た。

【偽階層階段】上ると燃え盛る油が降り注ぐ。酸の空気が充満する。


なんでだよ……っ！

「ダメだ、階段を上ると死亡する！　何か違う方法があるはず。——次の階層へは行けるはずなのに——ん？」

——なんで、偽階層扉と祭壇の説明が違う？

上へ向かおうとすると確実に死亡？

次の階層には行ける？

俺は、はっと息を飲んで顔を上げた。

「ということは、次の階層は上じゃないのかっ！」

押し寄せる骸骨や亡霊鎧を斬り飛ばしつつ、鋭い目で部屋の奥を睨んだ。

——扉の向こうに見える昇り階段そのものが罠なんだ！

屋上がゴールなんだから塔を上ろうと考えるのが普通だ。今までだって何の迷いもなく階段を上ってきた。

特に重厚な扉の奥にある昇り階段なんて見てしまったら、どうにか扉を開けようとしてしまうに違いない。
しかも後ろからは無限に湧く魔物が迫ってくる。
早く逃げようとする心理が働くに決まってる！
そして規定量の宝石を満たさずに通り抜け、罠にはまって死んでしまう。
俺は思わず笑ってしまう。
「あははっ。この迷路の設計者、死ぬほど性格が悪いっ。まるで、ま――」
ふっと、真顔に戻る。
確実に挑戦者を殺す本当の理由に気付いた。
観客のためのサービスなんかじゃない。
金を貰《もら》って暗殺するためでもない。
魔王を倒す可能性のある優秀な勇者候補を、弱いうちに絶対殺すため――。
――何が神の試練だ、設計者は魔王だ――ッ！
俺は口の端を歪めて、凄惨な笑みを浮かべた。
「もういい。まともに解き進んだらバカを見るだけだ――《疾風烈斬《しっぷうれつざん》》！」
太刀を横薙《な》ぎに振りぬいた。
巨大な風の刃が生まれて、数十体の魔物を蹴《け》散らした。
――それだけでは終わらない。
相手が魔王なら遠慮はしない！

腰の瓢箪《ひょうたん》を手に取って、太刀に水をぶっかける！

波打つ刃紋が青く輝く！

「蛍河比古命《けいかひこのみこと》の名に従う、神代の時より谷間を渡りしそよ風よ、一束に集まり烈風と成せ――

《轟破嵐刃斬《ごうはらいじんざん》》！」

振り下ろした太刀から巨大な風の刃が放たれる！

敷石を削りつつ、一直線に祭壇へ。


ズァアンッ！


白い大理石の祭壇を真っ二つ！

さらに無数の風の刃が嵐《あらし》となって、祭壇を中心に吹き荒れた。

そして嵐の収まる頃、祭壇の白い破片が辺りに散らばり、床には下へと降りる階段が口を開いていた。

真理眼で目を凝らす。

【真実の階段】次の階層へと続く階段。

「やはり下か――」

セリィが青い瞳を見開いていた。

「す、すごいです、ケイカさま……まさかそこに階段があるなんて……」

「ケイカってなんでもできるんだな……」

そりゃまあ、神だからな。

パックリと口を開けた大きな階段まで来ると覗《のぞ》き込んだ。

かなり長い階段が続いている。薄暗く、湿った空気が澱《よど》んでいる。

その時、ゴォォン、と鐘の音が鳴った。

通路が震えるとともに、今まで以上に魔物を吐き出し始めた。

「二人とも急げ！」

「は、はい！」

「殿《しんがり》は任せたぜ！」

セリィたちが飛び込む間、俺は魔物を豪快に切り飛ばして時間を稼いだ。

全員が入ったのを見届けて、俺も階段を下りた。

魔物たちは祭壇があった周囲に集まったが、下りてこようとはしなかった。

先を行くセリィたちの速度がゆっくりになる。

「お疲れ様でした、ケイカさま。こんなトラップを見抜くなんてさすがです」

「まあな、ギリギリだったが」

「あんなの気付く方がおかしいぜ。あの状況で信じられねぇ機転だよ」

セリィと親父は少し呆れつつも、感嘆の声を漏らした。

俺は外を千里眼でチラッと見てから言った。

「俺たちの相手も同時に三階層を突破したようだ。急がないとまずい」

「まじか⁉　よっしゃ、行くぜ！」

「頑張りましょう、ケイカさま……ケイカさまならきっと、できますわ」

セリィは金髪を揺らし、信頼のこもった眼差《まなざ》しで微笑んだ。

それを見てるだけで焦《あせ》る心が癒されていくようだった。

「ああ、頑張ろう。じゃあ、行こうか。足元濡《ぬ》れてて滑るから気をつけてな」

「はいっ、ケイカさま！」

俺はセリィたちとともに長い階段を下りていった。

◇　◇　◇

試練の塔管理室。

塔内の様子が映る無数のスクリーンの前で、ガフが拳《こぶし》を振り上げて怒鳴っていた。

「なにしてやがる！　突破しちまったじゃねぇか！」

問い詰められるデヴォロの顔は青褪《あおざ》めていた。ハゲ頭に浮かぶ汗が弱々しく光る。

「ま、まさか、あの心理的な罠を見抜くとは……なんと恐ろしいやつらだ」

「感心してる場合じゃねぇだろ！　大金を払ったんだぞ！」

デヴォロは長い溜息を吐くと、手元の機械を操作した。

「仕方あるまい……最後の手段を使うしかないようじゃな」

「ん？　何をする気だ？」

ガフが腕を組んで訝《いぶか》しげに睨む。

デヴォロはコンソールを叩きながら言った。

「我が『神』が自ら作られたダンジョンだ……ここからは人智の及ばぬ迷宮ぞ……」

「ま、まさか！　本当に存在したのか⁉」

ガフの驚きに答えて、デヴォロは暗い目をして笑う。

「ふふふ、いまだかつて二人しか突破したものがいないという伝説の迷宮だからな。しかもその二人は突破したその日のうちに自殺してしまった」

「なっ⁉　……いったい中でどんな恐ろしいことが……？」

「それを知ればお前もまた命を落とすことになる……神直々の試練は地獄よりも苛烈なのだ……くくっ」

そう言うとデヴォロは、スイッチを押してケイカたちを映す中継映像を消した。

ガフが少し引き気味になりつつ、額に焦りの汗を浮かべた。

「映像で見てもやばいのかよ……でも、これで俺が勇者になるのは確定だな！　親父を直接殺せねぇのは残念だが……俺たちを裏切って女を奪った恨み、ミーニャでたっぷりと返させてもらうぜ！　あの世から指くわえて見てやがれ！　げははっ！」

ガフの下卑た笑い声が管理室に響く。デヴォロは鼻で笑っていたがガフに気付いた様子はなかった。

◇　◇　◇

塔の傍の広場はいまだ熱狂に包まれていた。

女性司会が叫ぶ。

「最終組がデッドヒート！　テオドリックが追いすがるものの、ケイカパーティーは予想外の手段で第三層を突破！　ここからの戦い、目が離せませ――あれ？」

スクリーンに映し出されていた映像が、突然真っ暗になった。

どよどよと観衆たちが騒ぎ始める。

「いったいどうしたことでしょう？　中継映像が途切れました！　設備不良かもしれません！　回復までしばらくお待ちください！」

「ちゃんとしやがれー！」「こっちは大金賭けてんだぞ！」「これ、やばいパターンじゃなかろうか……」

ミーニャの帽子がピコッと跳ねた。中で猫耳が動いたらしい。

やばいと呟いたおじいさんの元へ駆け寄って尋ねる。

「おじいさん……やばい、って？」

「ああ、昔の話じゃがな、映像が切れたときはたいてい死人が出たもんじゃ」

「そんな……」

ミーニャの顔が泣きそうに歪む。

胸の前で手を合わせると、真っ暗になったスクリーンを見上げて祈るように呟いた。

「ケイカお兄ちゃん……お父さん……ちゃんと、帰ってきて」

すぐに別のパーティーの映像が流れ始めて、観衆の興味は移っていく。

ただミーニャだけは不安に怯えて震え続けていた。

◇　◇　◇

試練の塔、四層目。

俺たち――先頭が俺、次がセリィと酒場の親父、最後が大男――は高さと横幅が二メートルぐらいの通路を歩いていた。

石の床や壁が濡れている。湿った空気がよどんでいる。

俺は小川の神なので風や水とは親しいのだが、どうも周りの水は嫌な感じがした。

じっと様子をうかがっているというか。すでに別のやつに従っている様子。

それでも先に進まなくてはいけなかった。

というか、四階層目は迷路のはずだったが、ずっと一本道だ。

やはり変更されたようだな。

まあどんな試練内容であれ、突破するから問題ない。

そんなことを考えながら、いくつか角を曲がって進むと奇妙な部屋にでた。

横幅は十メートルぐらいだが、奥行きが数十メートルはあった。細長い部屋。

しかも床も天井も壁もすべて鏡張り。

出口は見あたらなかった。

真理眼で凝視する。

【魔法の鏡】魔法や魔力を100%伝える鏡。物理攻撃では破壊されない。


ふむ。効果以外は普通の鏡のようだった。

部屋の中に罠は見当たらない。

「魔法効果を伝える……てことは魔法が得意な敵と戦わせる気だな」

「罠はなさそうだぜ、ケイカ」

「魔法攻撃に気をつけるんだ。戦いになったら俺の後ろへ隠れろ」

「わかりました」

「おうよっ」

俺が先頭に立って、慎重に進んでいく。

太刀に手を添えていつでも抜けるようにしながら歩いていく。

空気が相変わらず湿っぽい。まとわりつくようだった。

すると後ろにいたセリィが声を上げた。

「ケイカさま、入口がっ」

振り返ると、入口があった場所は一枚の鏡に覆われていた。

「クリアしないと出られないってわけか。気をつけるんだ」

「はいっ」

そして部屋の奥まで進んだ。

出口がない。扉もない。四方を鏡に覆われているだけ。

奥の壁際に台座があった。上に石像が乗っている。

美しい女性。背中に蝶《ちょう》のような羽根を持っていた。

「妖精《ようせい》か？」

「どうやらそのようですね」

すると突然、声が聞こえた。美しいけれども悲しげな声。

「よくぞ参られました、勇者の卵よ。これより試練を言い渡します」

俺は石像を見ながら太刀を抜く。

「いいぜ。どこからでもかかってきな。まともにクリアするかは別問題だが」

「どのような方法でも、試練をこなせば構いません。では言い渡します。偽の仲間を倒して心臓にある宝石を抜き取り、この台座に乗せてください。そうすれば次の階層へといけるでしょう」

「偽の、仲間？」

俺がつぶやいた瞬間、セリィの悲鳴が合唱のように響いた。

「「ケイカさまっ！」」

「セリィ⁉」

俺が振り返るとそこには無数の金髪が揺れていた。

ざっと数えると、十一人いた。

「いったいどういうことなのです……？」

「どうしてわたくしがこんなに……」

見た目はそっくり。声もそっくり。

十一人のセリィは不安そうに互いを見ている。

それだけではなかった。

親父も増えていた。十一人いる。

「俺が、たくさん……？」

「どうなってやがるんだ」

「お、おい」

俺は妖精像へ目を向けた。

「……まさか、これを倒せってか？」

「はい、これが試練です。正しい仲間だけを残して、偽者を全部倒してください」

俺は【本物のセリィ】を見た。青い瞳が不安そうに揺れている。

「気分の悪くなる試練だしやがって……」

仲間を殺すという心理的負担を勇者に与えるつもりなのだろう。

体力や魔力の次は精神をすり減らしに来る。

心の弱い勇者だとトラウマになるかもしれない。

すると一人のセリィが前に進み出た。

覚悟を決めたように、長いまつげの目を閉じる。

「ケイカさまのためなら、この命、惜しくはありません」

「すまないな」

真理眼でステータスを見れば、どれが偽者かはっきりしていた。

進み出てきたのは【偽セリィ】だった。

仲間のふりして襲ってこないだけマシか。

俺は太刀で突いた。

どすっと鈍い感触が手に伝わる。

「うう……っ!」

偽セリィが苦痛で端正な顔を歪める。

つうっと口の端から赤い血の筋をこぼす。

「えっ?」

人を斬ったような、生々しい感触。

思わずステータスをみた。

やはり【偽セリィ】だった。

彼女は血を流しつつ微笑んだ。

「ケイカさま、どうか勇者になってください……お会いできて本当にうれしかった、です……」

苦しげに揺れる青い瞳から涙をこぼし、かはっと血を吐いた。

「セリィ――」

緊張が走る鏡の間。

セリィたちが口を押さえ、また整った顔を悲痛に歪めた。

どさっと床に崩れ落ちる彼女。

金髪が扇のように広がる。

死体は消えたりしなかった。

俺は呆然《ぼうぜん》と立ち尽くした。

石像の声が言う。

「何をしているのですか。早く心臓をえぐりだして宝石を取り出してください」

「なにっ！　解剖しろと言うのか！」

セリィたちや親父たちに動揺が走る。

本物のセリィまでおびえていた。

――これは……このまま試練をこなしたら相手の思う壺《つぼ》だ……！

俺はその場に座り込んだ。

「お前たち全員、一人一人離れて壁際に座れ」

ぞろぞろと命令に従うセリィと親父たち。

俺は考え込む。

これは勇者の心を削るだけじゃない、仲間の信頼をも壊す気だ。

いくら試練とはいえ、仲間そっくりの姿を殺しまくる勇者を、はたして今までと同じように信頼できるだろうか？

それに宝石をえぐり出すため、本人の目の前で死体を捌《さば》かなくてはいけない。

しかも十体。

今まで一緒に戦ってきた仲間であればあるほど、勇者を信じようとしても『でも試練のためなら仲間を惨殺することも平気なのか』と心の片隅で思ってしまうことだろう。

きっとこの試練をクリアしたあとも、勇者に対する不信感は消えない。

俺は死んだ偽セリィを観察した。

質感や存在感が人間そっくりだった。

なんどもステータスを確認しては【偽セリィ】という表示を見て安心するしかなかった。

俺ですら不安定な気持ちになる。

本物のセリィや親父は信じたいけれど信じきれなくて葛藤していることだろう……。

あまりにそっくりな偽者を見て、間違って殺されるかもしれない恐怖に苦しんでいるはずだ。

くそっ、なんて吐き気のする試練を用意しやがる！　魔王以外考えられない。
セリィたちを安心させるためにも、早くクリアしてやらなければ。
それにしても。
いったいこの魔法はどういう仕組みなのか。
遠隔操作では難しいはず。
この鏡の向こう側に誰《だれ》かいるのか？
千里眼で見たが誰もいない。
ついでに広場を見ると、俺たちの相手テオドリックも四階層に突入したようだった。
くっ、追いつかれた！
――どうすればいい？
俺は壁際に並んだ一人一人を眺めた。
目が合うたび、ひっと身を堅くするセリィと親父たち。
本物まで緊張していた。
ふと、石像に目が留まった。
いったい何をかたどった彫像なのか。
俺は目を凝らした。
【呪《のろ》われし妖精の石像】妖精をかたどった石像。実物大。
魔王に逆らったため呪いをかけられ封印された。

妖精は死なない。生命が保てなくなると転生する。

しかし俺は見逃さなかった。ステータスが浮かびかけたのを。

すぐにアイテム情報を弾いてステータスを見る。

【ステータス】

名　前：オルフェリエ

性　別：女

種　族：妖精

クラス：妖精魔術師Ｌｖ99

生命力：０／８４２

精神力：７２４９／９９９９

……まるで生きているような情報。

魔力を大量に消費している。

ということは、こいつが魔法を唱えていたというわけか。

ふと石化、という言葉が脳裏に浮かぶ。

そう言えば、石像なのに生命力を持っていること自体おかしい。

試してみる価値はありそうだった。

不安げな色を青い瞳にたたえて俺を見るセリィに呼びかけた。

「セリィ、地聖水の用意を」

「はいっ、ケイカさま」

ごそごそと鞄《かばん》をあさって、素焼きの瓶《びん》を取り出した。金髪を後ろになびかせながら持ってくる。

対ラピシア用に買い求めた、石化を治す聖水。

一本しか買えなかったが、使うべきはここだろう。

すると——少し遅れて他のセリィたちも動き始めた。手に瓶を持っている。

「「「ケイカさまっ。これを」」」

「最初のセリィ以外、動くな！」

金髪を揺らして、ピタッと立ち止まるセリィたち。

本物だけが傍へ来た。

「ケイカさま……どうされるおつもりで？」

「ちょっと待っててくれ」

俺は腰に下げたひょうたんを手に持つと、妖精の石像へ頭からかけた。

「山間を流れる清らかな小川よ　悪しき力を流し清めよ——《浄化清水《じょうかせいすい》》」

石像がキラキラと光る。

《真理眼《しんりがん》》で確認する。

【妖精の石像】妖精をかたどった石像。実物大。

　魔王に逆らったため封印された。

　妖精は死なない。生命が保てなくなると転生する。


——よし、呪いが解けた。

「さあ、地聖水を」

「はい、どうぞ。ケイカさま」

セリィの差し出す瓶に手を伸ばした。その時、二人の指先が触れた。

彼女はビクッと体を硬くさせた。

「あっ……」

大きな青い瞳が後悔と自己嫌悪で苦しげに潤んでいた。

俺は微笑むと手を伸ばしてセリィの頭を撫でた。艶《つや》やかな金髪。

優しく、いつくしむように何度も撫でる。

彼女の華奢な肢体から緊張がほぐれていった。

「すまなかった、セリィ。もう大丈夫だ」

「ケイカ、さまぁ……」

甘く切ない声で呟くセリィ。瓶を渡したあとも俺から離れず、和服の帯を指先で摘んで傍にいた。

また偽者たちと混じってしまうのが怖いらしい。

俺は瓶の蓋を開けて石像にかけた。

――すると。

黄色い光がきらきらと流れ、妖精像を包み込んでいく。

そして、一瞬強い光を放ったかと思うと、台座の上に崩れ落ちた。緑の長い髪がふわっと広がる。

セリィが驚きの声を上げる。

「えっ、いったい……!?」

俺は近寄り、しゃがんで抱き上げた。薄絹をまとっただけなので、細く柔らかな肢体が透けて見えた。

しかし生気が感じられない。

「オルフェリエ、だったか。大丈夫か？」

俺の腕の中で、目を開ける。翡翠《ひすい》色をした大きな瞳。この世のものとは思えないほど美しかった。

「ああ……自分の意志で話せるなんて、何年ぶりでしょう……魔王にかけられた呪いを解ける者が現れるなんて……」

「あんたは操《あやつ》られていたのか」

「ええ、そうです。私の幻惑の霧の力でした」

――あの魔法はその力か。なるほど。

俺は手のひらを光らせて言った。

「今、治してやる」

すると彼女は弱々しく首を振った。

「大丈夫です。私の命は永遠です。解放された今、また次の世代へと転生します」

「そうか……なにか願いはあるか？」

「強い勇者さま。どうか魔王を倒していただけませんか？」

「元からそのつもりだ。時間はかかるがな」

人々にじっくり恩を売ってからでないと、神にはなれないから。

すると俺の心を読んだかのようにオルフェリエは微笑んだ。

「ありがとうございます。ただ妖精界に隠したものを手に入れなければなりません」

「それがないと魔王を倒せないのか？」

「ええ、お察しの通りです」

「なるほどな。それを奪われないために黙秘したから、こんなひどい目に遭ったのか」

魔王は恐れたのだ。自分を倒せる何かを勇者に渡さないために。

妖精の美しい顔が曇る。

「何人、優秀な者たちをこの手で葬らされてきたか……。心が砕けそうでした」

「心を破壊して、情報を引き出したかったのだろうな、魔王は」

「あなたと出会えて本当によかった。……では私の力を受け取ってください」

「……俺は別に他者の力など必要とはしていない」

「だからお願いしたのです。お賽銭《さいせん》の代わりでもいいですが」

「むぅ…………わかった」

『お賽銭』という言葉を知っている時点で何を言っても説得させられそうだと感じた。

なので、素直に受け入れた。

するとオルフェリエが俺の頬に手を伸ばした。ひんやりとした冷たい手。

その手が急に暖かくなる。慈愛に満ちた光。

俺の中に力が流れ込んできた。

真理眼で自分を見る。スキルが増えていた。

【称号】

妖精の加護：即死無効　状態異常無効　幸運＋３０％　妖精界移動許可

彼女が微笑む。

「この世界を、どうかお願いします」

「わかったよ」

オルフェリエの体が白い霧に包まれたかと思うと、雲がかき消えるように消え去った。


カラッ、コロンッ！

鏡の地面に宝石が転がる音。

見れば偽者たちはみんな消えていた。

セリィは心配そうに呟く。

「ケイカさま、大丈夫ですか」

「少し休みたい気分だな。早く終わったし」

――セリィにも辛い思いをさせてしまったしな。

ところがオルフェリエの声が響く。

「お急ぎください、勇者さま。もう時間がありません」

「ん？　まだ数十分のはずだろ？」

「この鏡の間は時間の流れが早いのです。外はもう夕方。相手は四階層を突破しました」

「なんだって！」

俺は親父を見た。親父は時計を取り出して眺める。

「なんだこれ！　針が凄い勢いで進んでるぞ！」

「くっ！　急ごう！」

「はいっ！」

俺たちは鏡の間を駆け回って散らばる宝石を集めた。

台座に並べると緑色の扉が現れる。

その中へ飛び込むように入った。

体が上へ引っ張られるような感覚に襲われる。

その時、オルフェリエの声が聞こえたが、すぐに遠ざかっていく。

「次の五階には私と同じ目に逢っている――お方がいます。どうか助けてやってくだ……さぃ……」

「まだ囚われたものがいるのかっ！　いいだろう。その願い、聞き届けた。――勇武神になるためにな」

伝えられたかどうかわからないまま、別の場所へ飛ばされた。


目を開けると、最後の階層へとワープしていた。

目の前に広がるのは、石柱の立ち並ぶ神殿のような場所だった。

禍々しい気配が強くする。

「大男、前に出ろ」

ずしっと足音を響かせて大男が前に出る。

頭から被るローブを俺は取った。

中には石でできたゴーレムがいた。

――石化対策。うまくいくかどうか。

「さあ、これで最後だ」

「頑張りましょう、ケイカさま」

セリィが金髪を揺らして頷く。

「行くか」

俺たちはゴーレムを先頭にしてダンジョン最後の部屋へと進んだ。

柱の立ち並ぶ大広間。幅が二十メートル、奥行きは三十メートル。

ホテルなどの大宴会場ぐらいありそうな広さ。

天井が高く石柱が何本も林立していた。

そして一番奥に小さな扉と、その前に石の棺が設置されていた。

【ラピシアの棺】に間違いない。

「さあ、大男よ、進め」

ゴーレムがずし、ずしと歩いていく。

親父が心配そうに言う。

「うまくいくかね」

「ゴーレムは石化しない。生命反応も無い。蓋を押さえて出てくるのを防ぎ、その間に背負い袋に入れて持ってきた土を被せて、神の怒りを鎮める。いけるはずだ」

ゴーレムは足音を響かせて石の棺にたどり着いた。

片手で蓋を押さえると、もう片方でリュックサックの背負い紐を千切りながら、中身をぶちまけた。

茶色の土が棺に降りかかる。

「よしっ、いいぞ！　そのまま蓋を押さえてろ！」

俺は駆け出しながら呪文《じゅもん》を唱える。

「我が名は蛍河比古命！　異国の地より来たりし小川の神なり！　大地母神ルペルシアよ！　怒り狂う我が子の心を鎮めたまえ！」

カッ！

これで、勝ちだ！

と棺の周りに盛られた土が光る。

——と。

ズズズッと石の棺の蓋がずれていく。

「え⁉　大男！　蓋を押さえろ！」

ゴーレムは蓋をがっちりと押さえた。

俺はさらに鎮めの祝詞《のりと》を唱える。

しかし、それをものともせず、蓋は開いていく。

隙間《すきま》が開いて黒いオーラが噴き出した。

「セリィ、親父、見るな！」

俺は走って戻り、左側にある石柱の陰に隠れた。親父は右側の石柱に身を隠す。

セリィが傍までやって来て、袋から鏡を取り出す。魔法銀を磨いて作った手鏡。

「こちらを」

鏡の中の鏡像には、石の棺から黒い手が出ているところが映っていた。

このままだと壊される！

「大男、柱の陰に隠れろ！」

ゴーレムがゆっくりと一番近い柱の陰へ向かう、が。

その胸に黒い手が突き刺さった。

一瞬の静寂の後、ガラガラと崩れるゴーレム。

人の形をした黒い影が立っていた。

髪を振り乱した女性の姿。禍々しいオーラを発している。

ゴーレムを倒すと、ひたり、ひたりと歩き出す。

「こっちに向かってくる」

「ど、どうしますか、ケイカさま」

「なぜだ……なぜ大地母神は願いを聞き届けない……っ！」

その時、頭に眠たげな声が響いた。

『ダレカ　イルノ？』

——ラピシアか。前に喋った俺だ。ケイカだ。

『ニゲテ！』

——そうはいかない。お前を何とかしに来た。

『ミンナ　イシニナル！　ダカラ　ニゲテ！』

――どうして石にするんだ？　掘り起こされて怒っているのか？

『オカアサンガ　オコッテル！　ラピシアヲ　マモルタメナノ！』

俺は間違いに気付いた。

――怒り狂っているのはラピシアじゃなくて、秘匿した我が子を掘り起こされた母親の方が怒っているのかっ！

「ケイカさまっ！　すぐそこまで！」

「ちぃっ！　もっと左へ」

俺とセリィは左の影側の石柱へと場所を移した。

その時、右側から火の手が上がった。

「こっちだ、化け物！」

広間に響く親父の叫び。

鏡で見ていると、黒い影は長い髪を揺らしつつ右の方へと向きを変えた。

――ナイス、親父！

すぐにラピシアへ呼びかける。

――ラピシア、お前は棺の中にいるのか？

『ハコノ　ナカ　ナノ』

――出られないのか？

『ウゴケナイ』

――母親の魔法で縛られてるってことか。ということは土系統の魔法だな。

ラピシアが言う。

『ウゴキタイ……』

――動けたら、どうする？

『イマノ　オカアサン　イヤナノ！　ヤサシイ　オカアサンガ　スキナノ！』

――わかった。なんとかする。

俺はひょうたんを手に持った。いつでもぶちまけられるように。

「セリィは入口の左側付近で音を立ててくれ。俺は棺に向かう」

「わかりました……お気をつけて」

「セリィも無理するな」

「はいっ」

金髪をなびかせてセリィは入口へと向かった。

俺は鏡で確認しつつ、そろりそろりと左奥へと向かった。

するとガンッガンッと壁を強く叩く音がした。セリィが剣の鞘で壁を叩いている。

「こちらです、化け物さん！」

黒い影は親父を追うのを止めて、セリィのほうへと向かった。

――今だ！

俺は石柱の陰から飛び出した。一直線に棺へ駆ける。

しかしセリィの悲鳴が上がった。

「ケイカさま、そっちに――！」

俺は鏡で確認。物凄い勢いで黒いオーラが追ってきていた。

「くそっ――《疾風脚《しっぷうきゃく》》！」

ぐんっ、と俺の足が早くなる。ラピシアの呪縛を解くために！

棺の傍へ来る！

ひょうたんの水をぶちまける。

「我に従う清らかなせせらぎよ！　土に染《し》み　岩を割りて　大地のいましめを解き放て！――《浄化せ――》」

ドゴォ――――ッ！

頭に衝撃が走った。

ぶっとばされた勢いで、一本の石柱の真ん中にぶつかった。それをへし折って、さらに右奥の壁へ激突する。壁が衝撃で丸くへこんだ。

床へ落ちて倒れる俺。

追いかけてきた黒い影が殴り飛ばしてきたのだった。

「くっそぉ……石化さえなけりゃ……」

床に手を付いて起き上がりながらチラッと体を見る。

【パラメーター】
生命力：39万9200／61万4600
精神力：51万3456／56万6600

たったの一発で二十万以上のダメージを受けていた。さすが大地母神。
人なら一発で消し飛んでいたところだった。
気配だけを頼りに逃げようとする。
しかし、完全に起き上がるより先に、俺の目の前に禍々しい影が立ちはだかった。
俺は床しか見ていない。顔が上げられない。
影が動く。手を振りかぶるような気配。
ここで終わりか……。
――いや、この状態、いける！
俺は目を瞑《つむ》って、しゃがんだままの姿勢で太刀の柄に手を添えた。
相手がどこにいるか正確にわかる今の状態なら、必殺の一撃を打ち込める！
黒い影の攻撃は、手での殴り。
攻撃してきたところをカウンターの居合《いあ》いで決める！
内心で唱える――《水刃付与《すいじんふよ》》。

土に対しては風より水のほうが効果が高い。
一触即発の雰囲気。
じりっと互いの距離が詰まる。
相手が動く――。
「ハァッ！」
気合一閃《いっせん》！

ザァンッ！

青い光が弧を描くイメージ。
胴体を深く切った手ごたえ。
しかし、回避されたのか即死させられない！
「ギャアアア‼」
耳障りな叫びが広間に響く。
怒り狂った黒い影が素早く動きながら接近してくる。
――くっ、早すぎて捉《とら》えきれない！
目を開けて確認したい衝動に駆られるが、それもできない。
ところが幼い声が広間に響いた。

「オカアサン　ダメナノー！」

ドォンッ！

何かがぶつかる音がして、辺りの石柱がキシキシと揺れた。

俺は鏡を出して、鏡像で見た。

白いワンピースを着た十歳ぐらいの小さな女の子が、黒い影に馬乗りになって押し倒していた。

「オカアサン　ヤメテ！　モウ　イシニ　シナイデ！」

「ウ……ウガ……らぴ、しあ」

「らぴしあ　ヤサシイ　オカアサン　スキナノ！　モウ　ヤメテナノ！」

青色の長い髪を振り乱して押さえつけるラピシア。大きな瞳は金色だった。

「らぴしあヲ守ル……。殺サセナイ」

「らぴしあ　シナナイ！　ダカラモウ　ヤメテ！」

「守ル……邪魔スル者ハ　殺ス……」

「オカアサン！」

なんでラピシアが片言《かたこと》なのかと思ったら、一緒にいた母親が片言だったからか。

というか。

俺はひょうたんを片手に立ち上がる。

「ラピシア、お母さんを抑えてろよ」

「ケイカ!?　ナニスルノ！」

「お母さんを元に戻してやる」

「ホント⁉　ワカッタ！」

娘の言葉に耳を貸さない時点で、呪いによって怒らされてると理解した。

「ヤメロ……ヤメロ……！」

鏡像の中で黒い影が暴れる。

しかし、腹の傷が深く、全力を出せないでいる。

結果、子供のラピシアでも押さえつけられていた。

鏡を見ながらそばまで来た。

黒い影に水をかけ、呪文を唱える。

「山間を流れる清らかな小川よ　悪しき力を流し清めよ――《浄化清水《じょうかせいすい》》」

黒い影が清らかな光に包まれる。

「ウウゥ……グワァァ……！」

激しく身もだえする黒い影。

「ダ、ダイジョウブ　ナノ……？」

心配そうな金色の瞳でラピシアが俺を見る。

「大丈夫だ。俺を信じろ」

そして黒い影が白い影に変わった。

淡い光に包まれていて正確な輪郭がつかめない。

ラピシアが笑顔になって、白い影に抱きつく。

「オカアサン　オカアサン！」

「ラピシア……寂《さび》しい思いさせてごめんね」

「ウウン！　オカアサン　イテクレタ！　ズット！　ダイスキナノ！」

母の胸に幼い顔をこすり付ける。その顔は太陽のように輝いていた。

白い影が顔を上げる。のっぺらぼうのような顔。

「もう鏡越しでなくても大丈夫です。異界の神――蛍河比古命よ」

「そうか。ルペルシア、全力で切ったが大丈夫か？」

「ええ、なんとか。動かなければ」

「なんで怨霊化してたんだ？」

「魔王に我が子を人質に取られて……怒りに我を忘れてしまいました」

「母の愛を利用されたってわけか」

「お恥ずかしい……ところで」

「ん？」

「この子をお願いしますね」

ガバッとラピシアが顔を上げた。長い青髪がフワッと広がる。

「オカアサン⁉　ナンデナノ⁉　ドコカイッチャウノ⁉」

母は手を伸ばして優しく娘の頭を撫でた。

「ずっと起きていたので、しばらく眠るのよ、ラピシア」

「ダッタラ　らぴしあモ　イッショニ　ネムルノ！」

母は首を振る。白いオーラが揺れた。

「たくさん寝たでしょう？　ラピシアが寝るとお母さんが寝られないから、起きててね？」

「オカアサン　ネレナイノ　コマル？」

俺が言う。

「ラピシア、お母さんを寝かしてやらないと、また怨霊化するぞ」

――おそらく大地母神としての役割として、地の神の誰かが起きていないといけないのだろう。

うーっと、金色の瞳に涙を溜めて、頭をぶんぶんと振った。青い髪が激しく舞った。

「ソレハ　イヤナノ！　――ワカッタ！　らぴしあ　ガンバル！」

「いい子ね、ラピシア。それじゃ、蛍河比古命。我が子をお願いするわ」

「その願い、聞き届けた。……まあ、できる範囲でだが」

「充分よ、ありがとう。それじゃ、ラピシア。この人の言うことをよく聞いて、いい子にするのですよ……そして助けてあげてね」

「ウン！　ケイカ　タスケル！」

そして白い影はおぼろげに揺れて、地面へ染み込むように消えた。

母がいた辺りの床を、ラピシアは小さな手でいつまでも撫で続ける。

「イッチャッタ……」

「さあ、行こうか、ラピシア」

俺が手を差し出すと、しがみつくようにぎゅっと掴んできた。

「ケイカ　オカアサン　タスケテクレテ　アリガト！」

「いてて、強く掴みすぎだ」

「らぴしあ、イイコ　ガンバル！」

幼い顔に決意がきらめく。

その時、石柱の影から声がした。

「もう、大丈夫なのでしょうか？」

「ああ、いいぞ。すべて終わった」

荷物を持ったセリィが金髪を揺らして近付いてきた。

俺と手を繋《つな》ぐラピシアを、じーっと見下ろす。

「この方がラピシアさま？」

「オバチャン、ダレ？」

「おば……っ！　わたくしはセリィです！　お姉さんと呼びなさいね」

「ババア!!」

「なんですって！」

言い合いを始めるセリィとラピシア。

溜息を吐いて仲裁する。

「こらラピシア。人をバカにしてはいけない。お前のほうが年上になるんだし」

むう、と柔らかな頬っぺたをラピシアは膨らませた。

「らぴしあ　ケイカ　スキ！　セリィモ　ケイカ　スキ！　バトル！」

「ダメだ。仲良くするんだ」

ぶふー、と不満そうになるがラピシアは納得したようで黙りこんだ。

セリィが俺の開いているほうの手を握ってきた。

「それにしても。さすがケイカさまです。……でも、あの時はもうダメかと思いました」

セリィは折れた石柱とへこんだ壁を見て言った。

「あれはやばかった。さすが神の一撃というべきか」

「それに勝つケイカさまは素晴らしいです」

「どうかな……」

——正直、勇者試験をなめてた。魔王がここまで試験内容に介入しているとはな。

神だからとうぬぼれた結果、日本で失敗したのは誰だったか。

塔は突破できたが、勇者の資格をこの手に貰うまでは、もっと慎重にやらなければ。

親父がやって来た。

「落ち着いてるところで悪いがよ。そろそろ時間ないぞ」

「そうだな！　急ごう」

俺たちは階層扉へ向かった。

しゃがみこんで調べていた親父が言う。

「鍵だけだな。開けるぞ」

ギィィィと錆びた音を立てて、大きな扉が開いていく。

扉を開けると通路が続いていた。

その向こうにはもう一枚、見覚えのある鉄の扉。塔の外壁の扉だった。

「おっと、その前に。ラピシアはあのローブを着て姿を隠すんだ」

砕けたゴーレムの近くに落ちているローブを示した。さすがに見知らぬ子供を連れて出たらまずいだろう。

「ワカッタ！」

スキップするように走っていき、白いワンピースの上からローブを着た。

親父が言う。

「でも放送されてるんじゃねぇのかい？」

「見てる人全員が石化する可能性があるのに放送するとは思えないな」

「なるほど」

「じゃあ、行こうか――っと」

一歩踏み出そうとして、体勢を崩した。ＨＰの三分の一を持っていかれたんだから、さすがに足に来たようだった。

「ケイカさま、掴まってください」

セリィが体を寄せてきた。

「すまないな」

彼女の柔らかな体に腕を回して支えてもらう。

そして俺たちは通路を抜けた。

その時、ルペルシアの声が聞こえた気がした。

『世界を、お願いします』

頼みすぎだぞ、この世界のやつら。

俺は自分のためにやるんだからなっ。

くすっとルペルシアが笑った気がした。

扉を開くと、夕焼けの赤い空が視界に飛び込んできた。


外に出ると塔の二階だった。

街が赤い日差しに染まっている。

塔の傍にある広場を埋め尽くす観衆たちから声が上がる。

「おい、見ろよ！」

「あいつ、生きてたのか！」

「親父も生きてる！」

「すげぇ！　儲《もう》かった！」

試験を突破しただけだというのに、とても賑《にぎ》やかだった。

セリィが微笑みつつ、俺の耳元に赤い唇を寄せて優しくささやく。

「さあ、ケイカさま。上へ行きましょう」

「そうだな」

俺は支えられながら歩いた。

その時、ガフの手下とすれ違った。弓を持った男が呟く。

「ありがとうございました」

「ん？」

俺は振り返ったが視線をそらされた。

なんだ？　手下に感謝されるようなこと、なにもしてないがな。

首を傾げつつ階段を上った。

塔の屋上へ出たとたん、女性司会の声が飛ぶ。

「なんということでしょう！　試練の塔最終組、先に屋上へたどり着いたのはケイカパーティーでした！　映像が途切れたため何があったかはわかりませんが、あの非常識に強かった勇者候補ケイカが支えられて歩いていきます！　凄《すさ》まじい死闘があったのでしょう！　みなさん、勝者ケイカに盛大な拍手を！」

「「「うおおお！」」」

「すげぇな、あいつ！」「もっと見たかったぜ、お前の活躍！」「素敵だわ！」

うねるような声援が塔の周囲から巻き起こった。

そんな中、屋上の端から見下ろすと、小さなミーニャが目に留まった。

大きな瞳に涙を浮かべて呟くのが聞こえた。

「ケイカお兄ちゃん――ッ！」

俺は微笑んで、安心させるために手を振った。

一番心配したのはミーニャだろうから。

――と。

俺の傍に青年がやってきた。

レオだった。夕風に青い髪が爽《さわ》やかに流れている。

「お疲れ様です、ケイカさん。ガフの妨害を乗り越えるとは、さすがでしたね」

「レオも勝ち残ったのか」

「ええ、おかげさまで。随分とお疲れの様子。最終試験のトーナメントまでゆっくり休んでください」

「そうさせてもらうよ」

俺とレオは笑い合った。

「では、これで――」

レオが別れを告げたときだった。

女性司会者の声が響いた。

「さて！　お集まりの皆さんにはとってもびっくりサプライズ！　なんと、最終試験のトーナメントは急遽《きゅうきょ》変更になりました！　ただ今から、この試練の塔の屋上で乱戦形式で開催されます！」

「「「えええええ！」」」

「なんだって！」「そんな、休む暇が……！」

しばらくの間、塔周辺に驚愕《きょうがく》と興奮の声が響き続けた。

六章　最後の戦い

西の空を赤く染める夕日が、試練の塔を照らしている。

塔の傍《そば》の広場では観衆たちがどよめいていた。

これから最終試験をおこなうというサプライズのため。

他《ほか》の勇者候補たちが抗議の声を上げる。

「そんな話、聞いてないぞ！」

「しかも一対一のトーナメントのはずだ！　乱戦形式ってどういうことだ！」

――バトルロワイヤルか。

全員で襲いかかれるってわけだ。

すると、突然大音量の怒鳴り声が響いた。

「うるせえ！　魔物を相手にする勇者が、疲れてるからって理由で逃げるのかよ！　いやなら辞退しな！」

ニヤニヤと汚い笑みを浮かべる男。ガフだった。

――そうか。一番で突破したから、ガフは休む時間がたっぷりとあったんだな。

急な変更もこいつのアイデアか。全員が弱ってるうちに叩《たた》ける、実に汚い方法だ。

ガフだけが有利になるのは間違いない。

俺《おれ》を支えるセリィが美しい顔を苦しげに歪《ゆが》める。

「なんてことを……！　ケイカさまはお怪我《けが》がまだ……」

「気にするな。これぐらい、なんでもない」

「ですが……」

俺は親父を振り返って言った。

「親父、セリィとラピシアを連れて降りてくれ」

「いいのかよ⁉」

「心配ない。それとも俺を信じられないのか？」

するとローブを被《かぶ》ったラピシアが元気に言った。

「ケイカ　シンジル！」

「……わかったよ、ケイカ。でもよ、無理ならすぐ逃げろよ？」

「頑張ってください、ケイカさま」

セリィは名残惜しそうに体を離した。柔らかな体温が急速に失われていく。

俺は太刀を抜いて、杖《つえ》代わりに突く。

――怪我は治さないほうがいいな。その方が相手も油断するだろう。

三人は俺を残して塔を降りていく。セリィは何度も金髪を揺らして振り返った。

それにしても、これでせっかく用意した呪《のろ》いの仮面をガフに渡すことが出来なくなったのが残念だ。

ちなみに、具合の悪そうな勇者候補の男が一人、肩を押さえながら階段を降りていった。棄権するようだ。

女性司会者が叫ぶ。

「さあ、それでは観客のみなさん！　勝ち残った六人の勇者候補のみなさん！　用意はいいですか⁉　倒されるか、参ったというか、屋上から落とされたら負けです！」

塔の屋上はテニスコート二つ分ぐらいの広さがあった。

そこに俺を含めて六人の勇者候補が立っていた。

ガフとレオ以外、疲労の滲《にじ》む顔をしていた。

難しい迷宮を抜けたところでのバトルロワイヤル。

精神的に辛《つら》いだろうと思われた。

女性司会者が口を開く。

「では、最後の試練！　勇者にふさわしい強さを証明してください！　――――乱戦開始！」

うわあああ！

観客の歓声と勇者候補の気合が混じりあい、凄《すさ》まじい騒音となった。

ガフが、疲れきって剣も良く構えられない男に斬りかかった。長大な剣が振り下ろされる。

男は受け流すけれども、体勢が崩れる。

ガフは相手の腰を蹴《け》って屋上から落とした。

女性司会が叫ぶ！

「なんということでしょう！　屋上から一人墜落してしまいました！　命が助かれば良いのですが
……倒したのはガフ候補です！」

観衆からブーイングが起こった。

しかしガフは罵声をものともせず、唾を吐いて笑っていた。

性格の悪さが滲み出る攻撃だが、体は良く動いている。

俺は真理眼でやつを見た。

【ステータス】
名　前：ガフ
性　別：男
年　齢：30
種　族：人間
職　業：山賊頭
クラス：戦士Ｌｖ41
属　性：【火】

【装　備】

武　器：爆殺の大剣　【強殺品】：爆発の追加ダメージ　低確率で即死発動
防　具：キメラの鱗鎧　【強殺品】：敏捷《びんしょう》力に補正　重さがない　浮遊

【スキル】
切り：両手剣で切り付ける。
なぎ払い：両手剣で真横に払う斬撃。
爆風斬《ストームブレス》：剣を頭上から振り下ろして嵐《あらし》のような爆撃を相手に叩き込む。
飛翔圧撃《ブレッシャーダウン》：空に飛び上がって、全体重を乗せた強力な一撃を叩き込む。
溜《た》め斬撃：力を込めてから切り付ける。相手を粉砕する。威力2倍。
魔法断斬：剣を振りぬく勢いで、直接魔法攻撃を無効にする。

【武器スキル】
破裂の斬撃《ブレイズダンシング》：攻撃に乗せて爆発を連続で引き起こす。相手は踊るように逃げ惑う。
爆裂風：小爆発を起こして追加ダメージ。

偉そうな口を叩くだけあって、戦士としての上級スキルもマスターしているようだった。
——と。

駆け寄る二つの風が吹く。

ガフにばかり注目していたら、二人の男がタイミングを合わせて俺へと切りかかってきた。

「悪いな！」「てやぁ！」

弱いやつから潰《つぶ》そうという考えか。

――まあ、今の俺は見た目的には一番ボロボロだものな。

俺はよろめきながら太刀を構える。

すると、片方の男に切りかかる青い光があった。

レオだ。

白い歯を見せて爽《さわ》やかに笑いかけてくる。

「こちらは受け持ちますよ」

「格好つけてるな」

――この爽やかさ、まるで勇者だな。

俺は、ふっと苦笑を漏《も》らすと、一歩踏み込んで下から斬り上げた。

「――《風刃付与《ふうじんふよ》》」

ザンッ！

緑に輝く刀身で、相手の剣ごと斬り付けた。

パッと血煙が散り、男は崩れる。一拍遅れて、斬り飛ばされた剣がガラガラと屋上を滑っていった。

「ま、まいった――!!」

「おおっと！　ケイカ候補、ふらつきながら相手を一撃で倒しました！　なんという執念！　さすが神秘的な男！」

わぁぁぁ！　と歓声が起こる。

次は——と辺りを見れば、男とレオが激しく戦っていた。

そして、悠然と佇《たたず》むガフと目が合った。ニヤリと笑ってくる。

「ひどい状況だなぁ、おい」

「そう見えるのか？　お前は目が悪いみたいだな」

「なんだと⁉」

ガフの顔が怒りで赤黒くなる。

短気なやつだ。

「お前、さっさと奥義を使ったほうがいいぞ。その方が苦しまずに死ねるからな」

「ほざけぇ——ッ！」

ガフが屋上を踏み鳴らして駆け出した。

背丈より長い、巨大な剣を横に構える。夕日をギラリと反射する。

——こいつにはもったいないぐらいの名剣だな。

近くまで来たガフが鋭い呼気とともに斬り付ける。

真一文字の斬撃。

【なぎ払い】か。

俺は軽く二歩下がって、切っ先をすれすれでかわした。

やつは大きく踏み込んで追撃に移る。

「ふんぬっ！」

大剣を斜め上に強引《ごういん》に持ち上げてからの、斬撃。

剣が風をまとっている。

【爆風斬《ストームブレス》】だな。斜めからでも発動できるよう訓練してあるのか。

俺は太刀を斜めにして、強烈な斬撃を軽く流した。爆風で屋上に凹みを作った。

「なんだその攻撃は。畑でも耕すつもりか？」

ガフの顔が怒りでしわくちゃになる。

「なめやがってぇ！」

連続で大剣を振るってきた。びゅう、ひゅうと風を切る。

ただの【切り】だったので紙一重でふらふらと動いて避けた。

ガフの顔がますます赤くなる。

足元の覚束《おぼつか》ない相手に攻撃が当たらなくてイラついているのだろう。

俺は顎を上げて見下す視線を向ける。

「練習はそれぐらいにしておいたらどうだ？　剣は当てないと意味がないんだぞ？」

「ふざけるなぁ！」

やつは乱杭歯《らんぐいば》を噛《か》み締めつつ、大空へと飛び上がった。

大剣が夕日を浴びて赤く輝く。

――これが【飛翔圧撃《ブレッシャーダウン》】か。

きらめく大剣とともに、風と一体化して落下する！

強烈な一撃！

俺は逃げなかった。半歩横に動いて直撃を避けると、太刀を無造作に突き出した。

ドォンッ！

屋上が割れて、土煙が上がった。小さな破片が飛んで頬《ほお》にパシパシと当たった。

しかしその程度。

俺の太刀は、切っ先がガフの左肩をえぐっている。

「ぐあっ！」

顔をしかめて飛びのくガフ。

「へぇ、バカな割には肩まで神経が通ってるんだな」

「く、くそぉ……っ！　お、お前なんか……！」

「他に何かできるのか？　お前の技はすべて通じなかっただろ？」

相手の積み上げてきた努力や技術がすべて無駄だったとわからせ、格の違いを思い知らせる。

俺の言葉に、ガフが奮い立つ。強引に大剣を振り回した。

「う、うるせぇっ！　この、死に損ないが！」

「その死に損ないに手も足も出ないのはどっちだ？」

俺は一歩踏み込み刀で受ける。つばぜり合いの形になった。

ガフは体中の筋肉を膨らませて押し切ろうとする。

「うおぉぉぉ――ッ！」

しかしどれだけ獣のように唸《うな》り声を上げようが、ビクともしない。

見た目的には今にも死にそうな俺なのに。

「これで、全力とは可哀想《かわいそう》にな」

最高の侮蔑を込めて鼻で笑ってやった。

するとガフは怒るかと思ったが、初めて汚い顔に怯《おび》えが走った。

「――お、お前、何者だっ！　悪魔かよ！」

「ほう？　俺がお前よりはるかに強い存在だと、ようやく気付いたか――いいだろう、冥土の土産に教えてやろう。……俺は神だ」

俺は、つばぜり合いをしていた太刀を軽く押した。それだけでガフは後ろへ吹っ飛ぶ。

ガフは砂煙を立てながら尻餅をついた。

今にも倒れそうな俺に突き飛ばされて、やつの小さな目が怯えと混乱で揺れ動く。

「はは……なに言ってやがる……そんな」

俺はガフを《真理眼《しんりがん》》見下ろしながら、神が宣告するような冷たい口調で言った。

「そろそろ遊びは終わりにしようか。お前の重ねてきた罪を裁いてやろう。……同情の余地がない非道の数々。万死に値する。潔く死ぬがいい」

「な、なんだと！　俺は何も悪いことはしちゃいねぇ！」

ガフは勢いよく立ち上がると無実をアピールするかのように、両手を広げて訴えかけた。

——そう。

ここは試練の塔。今は中継魔法使って王都内に映像が流れていた。

女性司会が叫ぶ。

「おっといきなりどうしたことでしょう！　勇者候補ケイカが同じくガフの罪を暴くと言い出しました！」

「「「おおお⁉」」」

観衆たちの半分は驚きながらも受け入れ、半分は戸惑っていた。

受け入れた人々はガフに迷惑をこうむった人々らしい。こんなに多いのか。

ここぞとばかりに俺はやつの悪事を暴く。

——このためにここ数日は街を歩いてガフのやつを調べていたんだからな。

「悪いことをしていない、というのだったら罪を数えてやろう。——一番最近は昨日だな。夜道を歩くパン屋の老人を襲い、金を奪い大怪我を負わせた」

「なっ！」

ガフの驚きの声は、観衆の怒りにかき消された。

「なんだって！」「お前が犯人だったのかよ！」「あのパン最高なんだぞ！」

俺は閻魔《えんま》大王になりかわって、まだまだ罪を宣告する。

「その前は――重罪に限って言うと、ビブロ商会のキャラバンを襲って隊員を殺して積荷を奪ったな」

「「「ええぇ！」」」

と広場から驚きの声が上がる。

「やつの仕業だったのかよ」「命乞いしたやつを、笑いながら殺したって話だぜ」「あいつ山賊かよ」

ガフは屋上端まで行くと、下にいる観衆に向かって唾を飛ばして叫ぶ。

「何言ってやがる！　やつの言葉にはなんの証拠もねぇだろうが！」

俺の宣告は終わらない。

「そうか、証拠か。なら西にある修道院を襲って女子供を犯し、男は殺して財宝を略奪した。そのとき奪った品の一つが今着てる鎧《よろい》だな。――また、旅行中だった青騎士サビンに商人のふりをして近付き、眠り薬を飲ませて殺害した。その証拠がお前の持ってる大剣だ」

「くっ……くそぉ……！」

ガフは振り返ると、目を血走らせて歯噛みした。

広場の人々が顔を見合わせ、信じられないという思いでざわめく。

「まさか、そんな……！」「あの剣、見覚えがあると思ったら……！」「頼む！　かたきを討ってくれ！」「悪党を殺せ！」「衛兵に突き出せ！」

そんな言葉までも聞こえ始めた。

その後もやつの罪を数え上げ、最後に言った。

「無抵抗の人間を殺してきた数、全部で百人を超える。お前のおこないは国王が許しても、神が許さない」

「ちっくしょおおお……！」

ガフは口の端から白い泡を吹いて唸り声を上げる。

しかし広場の雰囲気は完全に俺へと味方していた。

「倒せ！」「殺せ！」「ころせ！」

のコールまで起こり始める。

——計画通り。

勇者試験で人を殺すと勇者になれない可能性があったが、悪人を裁くのなら問題はなかった。

ガフはでかい図体をぶるぶると震わせていたが、暗い眼をして顔を上げた。

「よくも……やってくれたな。親父もお前も殺してやる！」

「何を勘違いしてる？　ここで死ぬのはお前のほうだ」

「くそがぁぁぁ！　俺の邪魔をするやつらはみんな死ね！」

ガフは屋上を蹴って飛び上がった。

振り下ろされる威力の乗った大剣！

——飛翔圧撃《プレッシャーダウン》か。

「最後まで、芸のないやつだ——ふんっ！」

俺は太刀を無造作に、下から一気に切り上げた。

ギィンッ！

鈍い音がして、ガフの剣が木の葉のように夕焼け空へ舞った。

「ぐはっ！」

ガフは股から肩まで真っ二つ。

切られた箇所を手で押さえるが血が噴水のように迸《ほとばし》る。

「ば、ばかな……俺が欲しいのは……こんなんじゃねぇ……っ！」

彼は恐怖と苦悶に顔を歪め、よろめきながら一歩、二歩と後ろへ下がっていく。

そして、屋上の端から足を踏み外した。

「う、うがぁ――っ」

驚愕に目を見開き、赤い血を噴き出しながら地上へと落ちていった。

――ドサッ。

少し遅れて鈍い音が響いた。

屋上端に足をかけて下を見ると、ガフは真っ赤《まか》な血で地面を花のように赤く染めて、それでもまだビクッビクッと震えていた。

俺は小声で呟《つぶや》く。

「――神に不敬を働いた罪が一番重い。死して贖《あがな》え」

ガフが激しく痙攣《けいれん》したかと思うと、力が抜けて動かなくなった。

一瞬の静寂の後、わぁぁぁ！　と街が揺れるような歓声が起こった。

「すげぇ、あいつ！」「一撃で真っ二つに！」「あんなボロボロの姿なのに！」

「なんということでしょう！　勇者候補ケイカが、クズみたいな男ガフを倒しました！　素晴らしい一撃でした！　これぞまさしく勇者です！」

女性司会まで興奮して叫んでいた。

すると、後ろから声を掛けられた。

「その状態でその力。あなたこそ真の勇者なのかもしれませんね」

振り返るとレオが立っていた。戦っていた相手は倒したらしい。

屋上で立っているのは俺とレオの二人だけだった。

「事実上の決勝か」

「そうなりますね……私では力不足ですが、精一杯戦わせていただきます」

礼儀正しく一礼してから俺を見た。夕風に吹かれてレオの青髪が美しく流れる。爽やかな笑顔が絵になる凛々《りり》しさだった。

「ああ、いいとも」

俺は笑って応《こた》えた。

レオと話しているとこちらまで気持ちが爽やかになった。

女性司会が叫ぶ。

「さあ、大きな波乱がありましたが、戦いはまだ続いております！　屋上に残ったのはケイカとレオ！　勝った方が勇者になる優先権を持ちます！　どちらも頑張って！」

司会が叫ぶと、観衆たちも華やかな声援を送った。

俺はふらつきながらも太刀を構える。

レオが眉《まゆ》をひそめる。

「怪我は治されないのですか？　薬草ならありますが……」

「いいのか？」

「ええ、おそらくケイカさんは怪我していなくても強さに変わりはないでしょうから」

「じゃあ、治すことにするか。演技してるようなものだったしな――《快癒《かいゆ》》」

俺の手が光り、体の傷が治っていく。肋骨《ろっこつ》が折れていたようで呼吸が楽になる。

まあ全快までは程遠い。急速に数字が回復していくものの、数十万もあるＨＰを全部満たすのは時間がかかった。

待っていられないので切りのいいところで太刀を構えた。

「もういいぞ」

「では、いきますっ！」

こちらの用意が整ってからレオは剣を振り上げて駆け出した。治療中の隙《すき》を突けばいいだろうに、どこまでも彼は紳士的だった。

「ハァッ！」

鋭い呼気とともに剣を振り下ろしてくる。

軽く太刀で流すと、火花が散った。

すると、レオは突進する勢いそのままに、肩を入れてきた。

――体当たりで屋上から落とす気か。

剣技では勝てないからこその判断。頭がいいなと感心する。

が、当然俺には通用しない。よろけつつも横にかわす。

そして足を出してレオを引っ掛けようとした。

ところが！

完璧《かんぺき》なタイミングだったはずなのに、前のめりの崩れた体勢からひらりとかわされた。

「ぬ？」

「ハッ！」

レオは回転した体の勢いを乗せて剣を横に振るった。

下がりながら太刀で防ぐ。

キンッ！　と澄んだ音が夕焼け空に響いた。

レオが素早く下がった。お互いが距離を取る。

――今の動きは明らかにおかしい。俺の足払いを避けることなんて誰《だれ》にも出来ないはずだ。

丸い屋上の中央へ移動したレオへゆっくりと近付きながら、目を細めて真理眼を発動する。


――――――――

【ステータス】

名　前：レオ
性　別：男
年　齢：20
種　族：人間
職　業：村人
クラス：剣士Lv28　僧侶Lv10
属　性：【風】【光】

武　器：破魔のつるぎ　攻+90　アイテムとして使うと雷火破《サンダーフレイム》の効果。
防　具：みかわしのよろい　防+50　単体攻撃命中時、確率で自動回避。
装身具：竜守のゆびわ　防+20　火ダメージ半減　状態異常抵抗

――そうか。異常な体勢からかわせたのは、鎧の【自動回避】の効果か。

神の攻撃まで回避するとは、かなり面倒だな。

俺は苦笑しながら言った。

「いい鎧、装備しているな」

「たった一度の手合いでバレましたか。さすがケイカさんです！　――剣よ！」

レオが剣を中段に構えて切っ先を俺へ向けた。

剣が炎に包まれ、パチッパチッと青白い雷光が走る。
――雷火破《サンダーフレイム》だな。
雷のような激しさで、炎がまっすぐに放たれる。
もう面倒なので、強引に突進した。
正面から飛んでくる炎に頭からぶつかり、一瞬にして炎に包まれる。
――だが、神を傷付けるほどじゃない。
炎を纏《まと》いながら大きく踏み込み、太刀を振るう。
「なっ！」
さすがのレオも驚いて、目と口を大きく開いていた。
逃げようとするが遅れ、太刀がレオの腕をかする。
だが、浅い。
レオが痛みに白い歯を食い縛りつつ、剣を腰溜めにして距離を詰める。
「これで最後です、ケイカさん！　――ハァッ！」
剣が輝く風をまとう。彼の必殺スキル【聖風烈斬】。
素晴らしい速さで突き出される。
「風よ、離れろ」
命令すると、風が消えた。
威力の落ちたレオの剣を半身になって避けた。

「な、なんで――ぐっ！」

俺は右手に持つ太刀の柄で、彼の腹を殴った。

レオは膝《ひざ》から崩れ落ちる。剣がカラカラと地面を転がった。

――なんでと言われても、俺が水と風の神だからなんて言えるはずがない。

レオは地面に両手をついて、荒い息で言った。

「ま、まいった。私の負けです」

司会が叫ぶ。

「おおおっと！　善戦惜しくも決め手にはならず！　レオ候補、負けを宣言しました！　これにより決勝戦、ついに決着！　勝者ケイカ！　新しい勇者の誕生です！」

わぁぁぁ！　と街中が大きな歓声で揺れる。

一人一人がもう何を言っているのか聞き取れなかった。

俺はどこにあるかわからないカメラに向かって手を振って応えると、倒れたレオに手を差し出した。

彼は微笑《ほほえ》むと俺の手を握り、青髪を揺らして立ち上がった。

「あなたが相手で本当に良かったです。おめでとうございます」

「俺も、戦えてよかったよ」

「その言葉だけで嬉《うれ》しいです」

彼は子供のようにあどけなく笑った。夕日に並びの良い歯が光る。

——すごいな。負けたというのに、恨みやひがみがまったくない。本心から言ってるとは驚かされる。

好青年とはレオのような存在を言うのだろう。

二つ目の属性が【光】なのも関係しているんだろうなと思った。

「これからもよろしくな、レオ」

「はい、ケイカさん」

お互いに微笑んで硬く握手を交わした。

一段と観衆の称える声が大きくなった。

その後、係員が駆け寄ってきた。

「ケイカさま、乱戦形式優勝と勇者試験の突破おめでとうございます。これよりお城で陛下の前で最後の簡単な試験がおこなわれます。どうぞ準優勝のレオさまもお越しください」

悪い人物ではないか調べるはずだった。

「わかった。すぐに行こう——レオも誘うってことはパーティーでもあるのか？」

「いえ、なんといいますかケイカさまがダメになった場合の予備の勇者といいますか」

「なるほど」

「正式な勇者になれるわけではありませんが、王国の仕事を手伝っていただき、次の勇者試験では最終試験からのシードになります」

「なら一緒に行くか」

俺がレオを見ると彼は微笑んで頷《うなず》いた。

「それはいいですね」

というわけで、俺とレオは城へ向かうことにした。

二階にいたセリィと親父と合流して塔を降りた。

人々の間に出来た道を歩いていると、人を掻《か》き分けてミーニャが駆けてきた。尻尾《しっぽ》がぴんと立っている。

帽子が外れて尖《とが》った耳が露《あら》わになったが、それでも気にせず走ってきた。

父である親父のほうへ走っていたが、急に方向転換して俺へ飛びついてきた。

「ケイカお兄ちゃん……っ！」

「おいおいどうした。俺は無事だぞ？」

「ずっと、ずっと。心配だった……っ」

ぎゅううっと細い腕に力を込めて抱きついてくる。慟哭《どうこく》を堪《こら》えるようにふるふると震えていた。

「ずっと？　見れなかったのは最後ぐらいだろ？」

すると傍にいた観衆の男が言った。

「あんたたちの映像、途中で放映されなくなったんだよ」

「そうだったのか……」

まあラピシアは放映できないと思ったが、その前から見せてなかったのか。

「てっきりみんな死んだと思ってたよ」

「それはミーニャも心配だったな」

「ケイカお兄ちゃん……よかった」

細い体でひっしと抱きついてくるミーニャの頭を撫《な》でる。尖った猫耳が跳ねるように動く。

黒髪の艶《つや》やかさを確かめつつ、何気なく男へ尋ねた。

「ちなみにいつから見えなくなった？」

「三層目終わりぐらいじゃなかったかな？　それでよう、あんたが生きてるか死んでるかも賭《か》けの対象になってよー、すげぇ盛り上がったんだわ」

なるほど。それで賭けに勝ったやつらから盛大に祝われたのか。

横から親父が言う。

「あのなぁ、ミーニャ。ケイカもいいが、こういう場合は、まず父親に――」

「お父さん、無事」

一言で切り捨てられて、親父はずーんっと沈み込んでしまった。

セリィが隣へ来る。ローブをすっぽりと被ったラピシアと手を繋《つな》いで。

「さあ、ミーニャちゃん。ケイカさまはこれからお城に行かれるので、またあとにしましょう」

ミーニャは、コクッと頷いた。

「わかった」

「帰ったらお祝いだからな」

俺の言葉にミーニャのネコ耳がピンッと立った。抱きついたままで顔を上げる。

「ごはん……作っとく」

「それは助かるな。じゃあ、行ってくる」

「はいっ」

みんなと別れてレオとともに城を目指した。

途中の道は、俺を祝福する人々であふれ返っていた。

街の人たちからの祝福が凄い。

「あんた、すごいねぇ！」「この調子で頑張れよ！」「次も儲《もう》けさせてねっ！」

俺は苦笑しつつ手を振って応えた。

隣を歩くレオが言う。

「本当にケイカさんは強かったです。どうか世界を頼みます」

「妬まないんだな。少しは不真面目《ふまじめ》に生きた方がいいぞ」

「いえ、私の望みはケイカさんなら叶《かな》えてくれますから」

「ほう。どんな望みだ？」

「子供の頃《ころ》からみんなの笑顔が好きだったんです。でも僧侶の父は魔物の被害にいつも心を痛め、怖がりな妹はよく泣いてました。いつか一人でも多くの人が笑える世界になれば……」

俺は苦笑して首を振った。黒髪が風に揺れる。

「ああ、任せとけ。その願い、聞き届けた」

「ありがとうございます、ケイカさん」

レオは嬉しそうに、はにかんだ。子供のような純粋な笑みだった。

◇　◇　◇

街の中心にある高い尖塔《せんとう》を何本も持つ、美麗な王城。

夕日を浴びて赤く染まっている。

俺とレオは広い中庭へと通された。

人々が集まる中、真ん中には円形の門が設置されていた。

天使や竜の紋章が掘り込まれた、立派な門だった。

二階のバルコニーに王様が現れた。王冠を被り、髭《ひげ》を生やしている。

厳かに片手を上げると、ざわめいていた人々が黙った。

王様が良く響く低音で話し出す。

「勇者の試練を突破した若者よ、よくぞ来た！　心して勇者聖門《ホーリーゲート》をくぐるがよい！」

王様に続いて係員の男が言う。

「優勝したケイカ様と準優勝のレオ様は、勇者聖門《ホーリーゲート》をくぐっていただきます。これをくぐれるのは勇者の心を持つ者のみです。レオ様は、ケイカ様に何かあったときの勇者予備員となります。来年はトーナメントからの参加となります。――では、まずレオ様から」

「はい」

レオが澄んだ声で返事して、颯爽《さっそう》と歩いていく。

大理石の門を通る。

すると。

ブゥゥンッッ！　と門が震えて、耳障りな音を立てた。

ん？　なんだ？　レオは勇者たりえているだろう？　――まさか⁉

レオの顔が驚愕《きょうがく》と焦《あせ》りで青くなる。

係員が焦った声で叫んだ。

「ああっ！　レオ様は【隠れ咎人《とがびと》】と判明しました！　残念です～！」

「ちょ、ちょっと待ってください！　これは何かの間違い――」

しかし衛兵がぞろぞろと現れて、レオはまるで罪人のように引き立てられていった。

俺が何かしてやる暇もなかった。

まさかと思いつつ目を凝らしてホーリーゲートの詳細を見る。

【属性探知機】人々の属性を読み取る。


――二属性目の光属性までも見てしまうのか。

かなり深く見れるようだった。

もし能力やステータスまで見れるようなら困るな。

【微光】が光属性扱いになっても面倒だ。

俺は《真理眼《しんりがん》》で自分の手のひらを見てステータスを呼び出した。

そしていじる。

——別に異界の神が自分の能力をどういじろうと勝手だ。

【ステータス】
名　前：ケイカ［蛍河比古命《けいかひこのみこと》］
性　別：男
年　齢：20［?］
種　族：人間［八百万神《やおよろず》］
職　業：町人［神］
クラス：剣士Ｌｖ10［神法師］
属　性：【風】【水】［微光］

まあ、こんなもんだろ。能力や装備名もちゃちゃっと普通程度に書き換えた。

［　］内は当然俺しか見られない。

俺が書き換えている間に、レオの姿が完全に消えた。

「真面目すぎても痛い目を見るぞと言っただろうに……」

吐き捨てるように呟くと、係員が雰囲気を変える明るい声で言う。

「さあ、大変、心苦しい展開となってしまいました。しかし、気を取り直して優勝者ケイカ様、どうぞ勇者聖門をくぐってください！」

俺は、ゆうゆうと歩いて門をくぐった。

無表情にくぐったが、内心は少しドキドキした。

門を通り抜けて、反対側で立つ。

しーんと静まり返っている。

しばらくして門が緑色に光った。

係員が叫ぶ。

「あ、出ました！　ケイカ様は見事勇者にふさわしい心の持ち主でした！　おめでとうございます！　すべての試験を突破したケイカ様、新たな勇者の誕生です！」

居並ぶ騎士や貴族たち、そして見学を許された町人たちが歓声を上げる。

「おめでとうございます！」「素晴らしい戦いでしたわ」「あんたならやると思ってたよ！」「頼むぜ、勇者さま！」

口々に褒めてくれた。

こうも直接、見知らぬ大勢に賞賛されると少しくすぐったかった。

気になるのはレオのことだけ。

ただ、そんなには心配していない。俺が勇者になれたのだから。

その後、城の二階にあるバルコニーにて、俺は王様に謁見した。

近くには貴族や大臣の姿がある。ヴァーヌス教の大司教までいた。

観衆たちが見守るバルコニー。王様は老齢ながら背筋を伸ばして待っていた。白い髪に白い髭。なかなか威厳のある王様だった。でも目は優しく、信頼できそうな印象を受けた。

俺は片膝をついて挨拶《あいさつ》した。

「初めまして王様。ケイカといいます」

「うむ、ケイカよ！　よくぞ勇者として知識、勇気、強さを証明した。これからも修練を積み、魔物に苦しむ人々を助け、魔王の手がかりを探すのじゃ。そして真の勇者となり魔王の手からこの世界を救って欲しい――これを」

王様は傍に控える従者が掲げるトレイから、メダルを取り上げた。手のひらぐらいの大きさがある銀色のメダル。鎖がついている。

片膝をつく俺の首にメダルの鎖を掛けた。

チラッとメダル見る。

【勇者の証】魔王関連捜査権　魔王関連裁判権　魔王関連刑執行権　必要物資現地調達許可　各地通行許可　各種税免除　勇者技能系統樹付与

これがあれば、魔王が絡《から》んでいる事件に対する行動はすべて許される。

魔王の手先じゃないかと俺が疑ったものの家に勝手に入り込み、勝手にたんすを調べて、薬草や物資は全部没収して、魔王の手先の証拠があればその場で叩き殺しても、すべて許される。

――そして俺は神だから、証拠なんて幾らでも捏造《ねつぞう》できてしまったりする。

俺は顔がにやけそうになるのを堪えて、頭を下げた。

「王様、ありがとうございます。全力で魔王退治に向かいたいと思います」

「うむ……ところで、新たな勇者の顔をもっとよく見せてはくれぬか?」

「はい?　ええ、どうぞ」

俺は顔を上げた。

国王はじーっと俺の瞳《ひとみ》を見つめてきた。まるで底まで見通すような透明な目。

そして小さな溜息《ためいき》を漏らした。俺を見下ろす目に失望の光が揺れていた。

「よい顔じゃ。新たな勇者として頑張ってほしい。こちらは支度金の金貨五十枚じゃ」

ずっしりと重い袋を渡される。

小金貨ってことはないだろうから、大金貨五十枚、五百万円てことか。

「ありがとうございます――それと、王様」

心残りがあったので一応尋ねておく。

「ん?　なんだ、申してみよ」

「レオの処遇はどうなりますか?」

「機械の誤作動の可能性もあるということで、真偽がわかるのはもうしばらくじゃな。十日ほどかかるであろう」

「もし咎人と確定したら、俺が身柄を引き取りたいのですが……勇者なら、咎人の利用を許されているはずですよね？」

咎人を生贄《いけにえ》にして魔族をおびきだすこともある。盾にすることもある。勇者には優先的に利用権が与えられていた。レオもセリィも安全になる。

王様は長い髭を揺らして頷いた。

「うむ。わかった。そのように取り計らおう」

「ありがとうございます、王様」

「それではみなのもの、ご苦労であった。最後にもう一度、彼を祝いたまえ！」

パチパチパチパチと盛大な拍手。口笛まで誰かが吹いている。

王様の態度に少し疑問を覚えながらも、ひとまずは見守る人たちにバルコニーから手を振って歓声に応えた。


城を出るとき、セリィと合流した。

青い瞳を潤ませて、俺を出迎える。

「おつかれさまです、ケイカさま。メダルを受け取るお姿、素敵でした。名実ともに勇者になられて……わたくしはとても嬉しいです」

「勘違いするな。勇者になるのが目的じゃない。魔王を倒すのが本当のゴールだ」

というか多大な名声と信者を得て、勇武神になるのが目的だがな。

そんなことを知らないセリィは目を輝かせて言った。

「勇者になったという栄誉を得ても驕《おご》らないなんて……っ！　さすがケイカさまですわ！」

金髪を揺らして飛びつくように腕を組んできた。嬉しさや喜びの感情が行動に出てしまっている。

他人のためにここまで素直に喜べるなんて、なかなか可愛《かわい》いやつだと思う。

俺は、ぎゅっと抱きついてくる彼女の柔らかさを無視しつつ、歩き出す。

親父の宿へと向かった。

宿屋まではパレードだった。

大通りの両脇に人が集まり、祝福の声を掛けてくれる。おばさん、おじさん、少年や少女。

「よくやってくれた！」「ありがとう！」「すごいよ、お兄ちゃん！」「儲かったぜ！」

好き放題に言ってくれる。

途中、包帯を巻いた老人が進み出てきた。

「かたきを討ってくれてありがとうですじゃ」

「ん？　ああ、パン屋の親父か。当然のことをしたまでだ。それより殴られた怪我は大丈夫か？」

「ええ、骨まで砕けたはずなのに、なぜか軽い怪我ですみまして……あっ！　その木の履物……っ！　ま、まさか⁉」

「さあな。無事ならよかった。これからも元気でな」

「おお……っ。まさか勇者さまだったとは……さすがですじゃ」

老人は目を潤ませて、拝むように何度も頭を下げた。

横にいるセリィが俺を見上げて微笑む。何も言わないが、如実に「さすがケイカさまですわ」と目が語っていた。

その後も街の人々に感謝された。

街中を困らせていたガフが山賊とわかった今、それを倒した俺の評価はうなぎのぼり。

勇者になったことも合わさって王都に俺の名前を知らないものはいなくなった。

——ふむ。これ以上の名声を得るには、王都以外の問題を解決して、その噂《うわさ》を街に流すしかないだろうな。

神になるぐらいの尊敬を集めるためには多大な功績がいる。しかし功績とは誰も知らないうちにひっそりと魔王を倒すことではなく、活躍を知れる形で何度も伝えてこそ功績となる。

結構手間取ったが、ようやく神になるための条件は揃《そろ》った。

「そろそろ旅立ちかな……」

俺の呟きに、隣を歩くセリィが金髪を揺らして頷いた。

エピローグ

宿に戻ると賑《にぎ》やかだった。

店先に「本日貸し切り」の立て札が出され、中はパーティー会場のようになっていた。

酒場の中央にテーブルが集められて一つの大きなテーブルを作っている。

その上には大皿に盛られた料理が幾つも並んでいた。一メートルはある魚をそのまま煮付けにしたもの、貝のバター焼き、鶏肉の唐揚げ、謎《なぞ》肉と野菜を交互に串に刺したもの。

どれもおいしそうな湯気を立てていた。

甘いタレを絡めた肉団子を山盛りにした大皿を運んできた酒場の親父が、俺を見て豪快に笑った。

「おお、帰ったか！　みんな、主役のご帰還だぞ！」

「お帰りなさい」「おめでとう！」「惚《ほ》れ惚《ぼ》れする強さでしたわ」

街の人や宿泊客などから盛大に祝われた。

横にいるセリィが心底嬉しそうに笑う。

「こんなにも祝っていただけて……きっとこれからも上手《うま》くいきますわ」

「そうだな。この調子で頑張ろう」

するとミーニャが果実酒のグラスを配りながらそばへ来た。俺とセリィにも渡してくる。

上目遣《うわめづか》いでじっと見つめてくる。耳がぴんっと立っていた。

「お帰り、ケイカお兄ちゃん……おめでと」

「心配してくれてありがとな。でも言ったろ？　俺は負けないって」

「うん……ケイカお兄ちゃんはいつも正しい……」

しゅん、と尻尾を垂らして俯いてしまう。

俺は空いた手で彼女の頭をゴシゴシと撫でた。

「ミーニャももっと自信を持て。お前だって強くて可愛いんだ」

「かわ、いい……くない」

「信じる心が足りないな。俺を信じるなら、言葉も信じろ。ミーニャは可愛くて強い」

「私が……かわいい」

無表情な目で見上げてくる。しかし頬がほんのり染まっていた。

次の瞬間、ぎゅっと抱きついてきた。

何かを吹っ切るように。今までになく強く力を込め、俺の胸に頬を擦りつけてきた。長くて黒い尻尾がパタパタと揺れた。

「よしよし。強く生きろ。何かあればまた守ってやるからな」

「お兄ちゃん……好き」

しばらく震えながら抱きついていた。泣いているのかもしれなかった。

親父が笑顔で声を上げる。

「さあ、どんどん食べてくれ！　まだまだ料理はあるからな！　酒も飲み放題だ！」

わぁ～、と酒場に歓声が満ちた。

その後は、落ち着いたミーニャは厨房《ちゅうぼう》へと戻っていった。心なしか足取りが軽い。

立食パーティーは続いた。

他の客と歓談しながら飲み食いする。冒険者が多く、魔物や迷宮、または勇者試験の今後についての有益な話が聞けた。

時折飲む甘い果実酒は、心地よい酔いを体に染《し》み渡らせた。

ラピシアはテーブルに乗り出すようにして、手掴《づか》みで料理を食べていた。口の周りがソースなどでべとべとになっている。

「お腹《なか》すいてたのか？」

「ウン！　ヒサシブリナノ！」

金色の瞳をキラキラ輝かせて、また肉団子を次々と頬張っていく。そのたびに青い長髪が元気に揺れた。

この食欲だと、相当長いこと封印されていたのかもしれないな。

私服姿のセリィはずっと傍にいて、かいがいしく酒や料理を取ってきてくれた。赤いスカートに白のブラウス。鎧と上着を着ていないため、歩くだけで胸が揺れていた。

「フィード焼きも作ってもらいましたっ」

「おっ。ありがとう。……はむっ……うん、この懐《なつ》かしい味がうまい。――ていうかセリィも世話ばかりしてないで食べないと」

「大丈夫です、これだけたくさんありますし、わたくしはあとで……」

「たこ焼きにしろフィード焼きにしろ、こういうのは冷めたら味が落ちるんだ——ほれ」

「へっ⁉」

俺は一口食べたフィード焼きをセリィの目の前に突き出した。

彼女は目を大きく開いて白黒させている。

「どうした？　一番美味《おい》しい中身のところだぞ？」

「いえ、そんな……その」

彼女は形の良い眉を下げて困ったような顔をした。

さらに可愛い口元へとフィード焼きを近づける。

「ほれ、あーん」

「あぅ………あ、あーん」

観念したように長い睫毛《まつげ》を伏せて目を閉じた。

赤い唇を上品に開けて、はむっと食べる。

そして小さな口をもぐもぐさせながら、青い瞳を潤ませて俺を見上げてくる。

なだらかな頬が湯上りのように、桜色に染まっていた。

……なぜだろう。

食べさせただけなのに、いじわるをしているような気分になった。

でも冷めないうちに食べてもらいたかったので、俺は一口齧《かじ》って食べつつ、またセリィの前へ。

うーっと彼女は泣きそうな声で唸った。

一本のフィード焼きを交互に食べていく。

けれども最後にはイヤイヤをするように首を振って、その場にうずくまってしまった。金髪が細い背中を覆《おお》うように広がる。

「もう、ケイカさまったら、信じられないですっ」

俺は座り込んだ彼女の頭を優しく撫でた。心地よい金髪の感触。

はぅぅ、と彼女は泣きそうな笑顔をしつつも、嬉しいのか恥ずかしいのか耳まで真っ赤になっていた。

「悪かった、セリィ。もうしないから」

「ひどいですっ……二人だけのときに……もっと——」

彼女の語尾は小さくて聞こえなかった。

そして顔を真っ赤にして俯《うつむ》いてしまった。顔が金髪で隠れてしまう。

なんだかよくわからないけれど機嫌を直してくれたみたいなのでよしとする
それにしてもセリィはよく顔を赤くするけれど赤面症なのだろうか。それとも病気か何かか？

彼女に倒れられたら困る。

あとで《快癒《かいゆ》》の魔法でも唱えておこうか。

そんなこんなでパーティーを楽しみながら夜も更けていった。

◇　◇　◇

深夜。

俺とセリィはラピシアを連れて部屋に戻った。

三階にある広い角部屋。

ラピシアが部屋に駆け込んだ。

「ココナノ？」

「ああ、この部屋だ。迷子になるなよ」

「ワカッタ！」

子供のように元気よくベッドに飛び乗った。白いワンピースがめくれて細い手足が見える。青く長い髪が跳ねるように動く。

「そう言えば、ラピシアの髪が長いな。切った方がいいんじゃないか？」

ラピシアの髪は何もしないと床に着くぐらい長かった。

しかしラピシアが激しく首を振る。

「ヤ！」

「切りたくないのか」

「コレ、スキナノ！」

その後身振り手振りで説明を加える。どうやら母親のルペルシアが長い髪が好きだったらしい。

「まあ、本人が好きならそれでいいか」

「でしたら切らずに、結んでみてはどうでしょうか?」

「ムスブ?」

体を横にして首をかしげる。髪が床を擦った。

セリィが傍へ行って、ラピシアの髪を紐《ひも》で二つに結んだ。ツインテールになる。

「似合ってますよ」

「ワーイ!　アリガト!」

ラピシアはその場で踊るように、くるくると回り始める。長いツインテールの動く様子が面白《おもしろ》いらしい。

それを眺めつつ俺は言う。

「あとは言葉や習慣を教えないとな。さっき手づかみで食べてたし——セリィ、教えてやってくれるか?」

「はい、わかりました」

ところがラピシアが、こぶしを振り回した。

「ベンキョウ　イヤナノ!」

「一応、お母さんから面倒見てくれといわれた手前、何も教えないわけにはいかないだろ。神がバカじゃ話にならないしな」

「ヤーダー」

「そっか。じゃあやめとくか」

ラピシアが、きょとんと首を傾《かし》げる。

「イイノ?」

「ああ、いいとも。その代わりお母さんが起きてきたときに、失望してまた怨霊化するかもしれないけどな」

「イヤァァァ!! ベンキョウ スルー!!」

見開いた金色の瞳を涙で潤ませて、ぶるぶる震えだした。

——ちょっと悪いことした。よほどトラウマだったらしい。

するとセリィが手を伸ばして震えるラピシアの頭を撫でた。

「ラピシアちゃん、勉強するって考えるから嫌になるのですよ」

「ソウナノ?」

「言葉や振る舞い、知識を身に付ければ、素敵な女性になれます。すると皆さんから褒めてもらえます。お母さんに会ったら、とても喜んでもらえますよ。お母さんに褒めて欲しくはないですか?」

「ホシイ……ケイカ ステキナジョセイ スキ?」

「ああ、もちろんだ。だからセリィは大好きだ」

セリィの顔が火が付いたように赤くなる。

「じゃ、じゃあ、素敵な女性になりましょう」

「らぴしあ　ナル！　セリィ　コエル！」

「じゃあ、簡単な本が棚の中にあるのでそれを使って勉強しま――」

「ワカッタ！　……――ギャアアアア！」

てててっと軽快に走って棚を開けたラピシアが、特大の悲鳴を上げた。

すぐにベッドまで大きく飛んで、頭からシーツを被る。

「どうした、ラピシア？」

「ノロイ、コワイ！　キライ！」

シーツから目だけ覗《のぞ》かせてぶるぶると震えた。隙間《すきま》から覗く金色の丸い瞳がうるうると潤んでいる。トラウマが発動したらしい。

「――ああ、ガフ対策に作っていた邪神の仮面か」

俺は開いた棚に近付いて仮面を取り出した。

ラピシアが、ひぃ、と息を飲む。

懐《ふところ》に仮面を仕舞いつつ言う。

「ここで始末するのはラピシアが嫌がるな。ちょっと出てくる」

「わかりました、ケイカさま」

「その間に、軽く言葉でも教えてやっといてくれ」

「はい、いってらっしゃいませ」

「い、い、イッテラッシャー、ナノ」

震えながらもちゃんと挨拶はするラピシア。なかなか可愛い。

まあセリィは何と言っても元王女。素敵な女性としては完璧な存在だろう。

実際、身のこなしや言葉遣いは惚れ惚れするものがあるし。

任せても大丈夫だと心から思った。

俺は部屋を出て一階酒場へ向かった。


酒場のパーティーはまだ続いていた。人々は緩やかに談笑し、音楽が奏でられる。

親父がカウンターに座って酒を飲んでいた。

「飲むかい？　勇者さま」

「その言い方はやめてくれ。ケイカでいい」

「ははは、だな。――ところで休むんじゃなかったのか？」

「ちょっと急用ができてな。親父にも少し頼みがある」

「そうかい。なんだ？」

親父がグラスに口をつけながら尋ねた。

俺は少し真剣な声で言った。自然と小声になる。

「ラピシアの相談だ。急に子供が増えたら怪しまれるからな。親父の親戚を預かっていることにして欲しいんだが」

「いいぜ。ケイカの頼みなら、なんでもオーケーだ」

「すまない。恩に着る」

「おう、任せとけ」

「じゃあ、もう一つの用事、すませてくる」

「なんだか知らねぇが、気をつけてな」

俺はカウンターを離れて外へ出た。


深夜の裏通り。

家々の明かりが消えた街並み。石畳の通りに人影はほとんどない。

街灯が、ぽつぽつと明かりを灯している。

俺は暗がりに向かいつつ言った。

「出てこいよ。さっきからずっといるだろ」

「気付いていたのか……さすがだな」

暗がりから姿を現したのは山賊の若い男だった。ガフの手下の一人。手には弓矢を持っている。

マズとかいう名前だった。

俺は腰の太刀に手を添えつつ言った。

「親分が殺されての敵討《かたき》ちか？」

「いいや。その反対だ。話がしたかった」

「俺には何もないがな」

「まずは礼を言いたい。妹を救ってくれてありがとう」

「妹？」

そう尋ねると、男は身震いした。ふぁさっと背中に透明な羽根が生える。

「見覚えあるだろう」

「……あの妖精《ようせい》か」

「試練の塔に囚われていると知って探していた。けれどなかなか出会えなかった」

「なるほど。それで何度も挑戦していたってわけか」

彼は羽根を仕舞った。

「妹はどうだった？」

「ああ、最後まで世界の平和を願っていた。そして、転生したよ」

「そうか……ありがとう」

男は真摯に頭を下げた。

「会いに来た理由はそれだけか？」

「いいや。もし妖精関連の何かがあったら私の名を呼んでくれ。命に代えても協力しよう。私の名はマージリアだ。妖精の加護があるならスキルで呼べる」

「わかった。——一つだけ聞いていいか？　なんで山賊になった？」

「この弓はもともと妖精のものだった。一人では取り返せないので、仲間に入って機会をうかがった。それだけだ。無意味な弁解だが、山賊になってから一人も殺してない」

「そうかい。俺にとってはどうでもいい。――じゃあな」

「ああ、また会おう。頑張ってくれ」

俺はマージリアと別れて宿屋へ戻った。


部屋に入ると、ラピシアがでかいベッドに寝ていた。細い手足を精一杯伸ばして大の字になっている。すやすやと寝息を立てていた。

俺は咎める視線で、じぃっとセリィを見た。

「勉強は？」

「ちっ、違います、もう終わってしまいました」

「は？」

「ラピシアちゃん、とても賢くてすいすい覚えたのですよ」

「ほう」

いくらなんでもそんなに賢いはずは……と思いつつ、俺はラピシアに目を向けた。

そういや《真理眼《しんりがん》》で見ていなかったなと思って。

ラピシアのステータスが浮かび上がる。

【ステータス】
名　前：ラピシア
性　別：女
年　齢：257
種　族：半神人
職　業：大地母神Lv1
クラス：治癒師　神術師
属　性：【豊穣】【輝土】【聖地】

【パラメーター】
筋　力：3万（2万）（＋0）　最大成長値∞
敏　捷：2万（1万）（＋0）　最大成長値∞
魔　力：10万（2万）（＋0）　最大成長値∞
知　識：4万（1万）（＋0）　最大成長値∞
幸　運：999（0）　（＋0）　最大成長値∞
信者数：0

生命力：25万
精神力：70万

攻撃力：3万
防御力：3万
魔攻力：10万
魔防力：4万

【装　備】
武　器：なし
防　具：【白銀のワンピース】母の愛が込められた服　防×1・5倍【全状態異常無効】【時間比例回復】
装身具：大地の指輪

なんぞこれ！
俺よりは弱いが……なぜ神にLvがついてる⁉
神としての基本能力に加えて、人間のレベルアップが組み込まれているのかっ。
すぐに勉強を終えられたのは知識が4万もあるからだな。

この調子だと、すぐ俺より強くなっちまうじゃねーか……とほほ。
がっくりと肩を落としかけたが、ふいに閃《ひらめ》く。
……ん？　でも半分は人だから、まさか……⁉
自分の手を見た。改変前の数値を呼び出す。

【ステータス】
名　前：蛍河比古命
性　別：男
年　齢：？
種　族：八百万神
職　業：神
クラス：剣豪　神法師
属　性：【浄風】【清流】【微光】

【パラメーター】
筋　力：8万1210（＋3万3210）
敏　捷：9万1910（＋2万4910）
魔　力：19万2110（＋10万5110）

知　識：6万1410（＋4万4410）
信者数：32

うぉ!!　ラピシアの能力値がそのまま加算されてる!!

まあ、普通、神が神を従えることはあっても、信奉するなんてないもんな。

つまりラピシアを育てれば、その分俺も強くなるということか。

Lvが1つ上がると1～2万増えるみたいだし。

……でもクラスじゃなく職業にLvが付いてるのは初めて見たから成長率はどんな感じなのだろうか。

まあ、こつこつ強くしていこう。

ていうか信者が二桁《けた》になってるな。

うむ、よきにはからえ。もっと俺を敬うがよいぞ。

自分の手を眺めてニヤニヤしているとセリィが心配そうな声を出した。

「あの、ケイカさま……？　そろそろお休みになったほうがよろしいのでは？」

「うーん、そうだな。勇者の証を調べてもおきたいが……」

俺はセリィの隣に座ると、懐から手のひらぐらいの大きさの銀色のメダルを取り出した。

彼女が体をくっつけて一緒に覗き込んできた。大きな胸が腕に押し付けられる。

「これがあればいろいろ便宜が図れますわ。だいたいどこへでも入れますし」

「んー、それだけじゃなくてだな、パーティーに加える機能があったはずだが、どうやって設定するんだ？」

勇者の筆記試験のときに覚えた内容。

実物は少し違うようで、平べったい銀色の円盤を手の中で弄《いじ》り回した。

すると、半透明の矢印と文字が浮かび上がった。

「お、出た。『パーティーに加える人を選んでください』とある」

矢印をセリィに向けて、決定。

「あっ、今なにかパチッとしましたわ」

すると【勇者の証】の裏側に、小さな文字でセリィの名前が刻まれた。

八人から十人ぐらいまで登録できるようだった。

「おー。これでパーティー組めたのか」

「でもよろしいのですか？　確か経験値が人数割りになってしまいますが」

「俺は充分強いからな。セリィが強くなってくれたほうがいい」

そもそも神なので、信者数を増やす以外のパワーアップ方法がない。

セリィが真剣な顔でうなずく。

「わかりました。恩恵を受けさせていただきます」

「ふむ。パーティーメンバーがどこにいるかも調べられるな。ラピシアも参加させておくか」

「子供ですから、その方が安心ですね」

セリィが、くすっと笑う。

俺は大の字になって寝ているラピシアに勇者の証を向けてパーティーに加えた。裏側を見るとちゃんと名前が刻まれていた。

俺はまた【勇者の証】を見た。

「次は、勇者専用のスキルツリーだな。修得できるようになっている……はずなんだが」

「なにか問題でもあるのでしょうか？」

「うーん」

俺は《真理眼《しんりがん》》を発動して自分の【スキル】画面を見る。

【スキル】
刀切《かたなき》り：刀で切り付ける。
刀突《かたなづ》き：刀で突く。
居合《いあ》い：防御値無視＋確率で即死効果。
烈風斬《れっぷうざん》：風の刃を飛ばして切る。横1列。
疾風乱刃《しっぷうらんじん》：複数の風の刃を乱れ飛ばす。横複数列。
轟破嵐刃斬《ごうはらいじんざん》：風の刃の嵐を呼ぶ。範囲攻撃。

水月斬《すいげつざん》：水の刃を飛ばして敵を切断する。縦1列。
瀑布轟破《ばくふごうは》：滝のような水圧で敵を押し切る。縦複数列。
魔鬼水斬滅《まきすいざんめつ》：清浄なる水の力を刀に宿して悪鬼を滅ぼす。敵1体に大ダメージ。

【未修得スキル】

切り・（豪戦士）

大圧斬撃《ブレイクダウン》
大地斬《アースブレイク》
天空斬《スカイセーバー》
天地轟破斬《ギガブレイク》

突き・（聖騎士）

烈風突き《ゲールスティング》
致命光破《クリティカルストライク》
多重光刺《マルチプルスティング》
聖光強烈破《ホーリーストライク》

爆火・（聖導法士）

火風弾《ファイヤーフロウ》
聖光雨《シャイニングレイン》
劫火炎柱《プロミネンスタワー》
聖炎大爆光《オーロラデトネーション》

俺は首を捻《ひね》る。

正確には「切り・突き・　　・爆火」と並んでいて、どう見ても一つあいてるんだよな。

これが真理眼で目を凝らしても見えない。

しかもスキルツリーになっていて、切りのどれか、突きのどれかを修得すると、それ以外のスキルは修得できなくなる。

その時点で勇者ではなく「豪戦士」や「聖騎士」のクラスになるのだろう。

セリィが首を傾げるので説明した。

「俺が装備すると勇者の未修得スキルとして表示されるのが三つのスキルツリーだけで、一つ空白が出る。可能性としては俺が光属性じゃないからだと思う」

「え……まさか」

俺は、勇者の証をはずして、セリィの首にかけた。

「試してみるぞ」

俺は目を細めてセリィを見た。

セリィは恥ずかしそうに、少し身をよじった。大きな胸が揺れた。
――おっと、セリィのステータスいじったままだった。もう咎人に直しても大丈夫だな。

【ステータス】
名　前：セリィ・レム・エーデルシュタイン
性　別：女
年　齢：17歳
種　族：人間
職　業：咎人（＝＝＝＝＝）
クラス：姫騎士Lv22（上級）
属　性：【光】

【スキル】
切り：剣で切る。
突き：剣で突く。
二連突き：素早く突く。二回攻撃。

【未修得スキル】

切り・突き・かばう・爆火

かばう・(勇者)

無効一閃《マグヌスウェーブ》：敵の補助系効果無効。味方へは低下や異常効果無効。

聖導切り《ジャスティススラッシュ》：防御値無視の聖なる攻撃。

慈愛聖域《アルテマガーデン》：一定時間絶対無敵領域。ただし敵味方攻撃不可。

魔王撃滅閃《アルテマスラッシュ》：魔王を消し去る一撃。

俺は叫んだ。

「出た！　基礎スキルが【かばう】で——最終奥義が【魔王撃滅閃】と書いて《アルテマスラッシュ》！　字面からして魔王を倒す専用のスキルみたいだなっ」

やはり、光属性がキーだったか！

魔王が徹底的に光属性を排除した理由もこれでわかった。

よほどこの奥義を恐れていたらしい。

——逆に言えば、必ず倒せる技だと教えてくれているようなものだ！

セリィが青い目を丸くして震える。

「ケイカさまはひょっとして……能力やスキルが見えるのですか⁉」

「ああ、見える」

「導師の力まで持っておられたのですね！　なんてことでしょう！」

「どうし？　なんだそれは？」

「導師というのは、昔いた人々のことです。村に一人はいて、人の本来持つ能力や才能を見抜いて、人生の進むべき道を教え導いてくれる人なのです。子供の頃は賢くても、実は戦士に向いていたり、僧侶よりも学者が向いてると教えたり」

「スキルやステータスが見える人間がこちらの世界にはいたのか。でもどうして見てもらっていなかったんだ？　セリィは騎士より魔法使いの才能があったんだぞ？」

セリィは眉を下げて悲しげな顔をした。泣きそうな声で言う。

「魔王の仕業です……導師の力を持つ人は魔王によって皆殺しにされてしまったのです……導師がいれば、わたくしも苦労せずに済んだはずですのに」

「転職したらいいじゃないか？」

「昔はウーモの神殿で転職ができましたが、そこも魔王の手によって滅ぼされてしまいました……」

セリィは力なく言った。

俺は内心、思う。

ステータスが見れなくて自分に合った職業が選べない。

間違った職業を選んだら転職できず、強くなれずに終わる。

光属性だと咎人システムで殺される。

生き延びても勇者にはなれない。

【勇者の証】を手に入れてもスキルが見れないから、違うスキルを育ててしまったらアウト。

俺は思わず笑ってしまう。

「この世界の難易度、ルナティックやインフェルノってレベルじゃねーな。普通はクリア不可能だ」

「はい……」

セリィが力なく俯いた。金髪がさらりと頬に垂れる。

俺はセリィから【勇者の証】を外し、自分の首にかけた。

「まあ、俺が光属性になればいいことだな」

俺はステータスを呼び出して、自分の手のひらをちょいちょいと摘んで【微光】を【光】に書き換えた。

蛍が住むような川の神だから【微光】の方が合ってるんだけどな。しょうがない。

手のひらを見る。

未修得スキルに【かばう】が発生していた。

「オッケー。これであとは間違えずに育てたら【魔王撃滅閃】を覚えられるな」

セリィが青い瞳を見開いていた。

「ま、まさか……ケイカさまって大神官の転職能力もお持ちなのですか……!?」

「んー？　まあ、似たようなことはできるな」

「さすがですわ！　……ケイカさまこそ、神様の遣わされた真の勇者なのでしょう」

大きな胸に手を当てて、心の底から感激していた。

――神の使いじゃなくて、神そのものなんだけどな。

俺は頭をぽりぽりと掻くとセリィに言った。

「まあ、勇武神になる男だからな。――勇者の証の使い方もわかったし、そろそろ寝るか」

「はい、ケイカさま……ベッドが狭くなってしまいましたが……」

俺はベッドに近付いて、大の字に寝るラピシアを横に寄せて二人が寝れるスペースを作った。

その時、懐に入れていた金貨の袋がジャラっと鳴った。

「おっと、忘れてた――これ持っておいてくれ」

懐に手を入れて金貨の包みを取り出した。

セリィが目を丸くして口に手を当てた。

「えっ、これはケイカさまのものですよ？　よろしいのでしょうか？」

「セリィの貯金をかなり使わせてしまったからな。ついでに預かっておいてくれ」

「わかりました。わたくしがケイカさまのお財布になりますね」

「頼む。――で、今回貰《もら》ったのは大金貨五十枚だったか」

「いえ、こちらは違います」

「ん？　まさか小金貨か？」

俺の問いに、セリィが袋を開けて中の金貨を取り出した。

ほっそりした指先が持つのは、あまり見たことのない大きさの金貨。

「王様からの報酬は中金貨になります。小金貨四枚分の価値です」

真理眼でジーッと見ると情報が出た。一枚で二万円だった。

「やすっ！　大金貨でくれりゃいいのに」

「昔は大金貨だったらしいのですが、財政が逼迫《ひっぱく》してしまい。でも五十枚を渡すのはしきたりなので変えられず、結果、記念金貨を作りまして」

「なるほど、経費削減か……あまり見たことがないのも、記念金貨だから流通していないのか」

「そのとおりです。それに小金貨や大金貨の方が使い勝手がよいので……」

セリィは困ったような笑みを浮かべていた。

俺も思わず苦笑する。

――まあ、ただで百万円もらえたんだ、よしとしよう。

それからベッドの端に横たわった。空いている真ん中を手で叩く。

「さあ、寝るぞ」

「うっ……いつもより近いです」

「仕方ないだろう。ラピシアが寝てるんだから」

「は、はいっ」

セリィはもじもじしていたが、服を脱いで下着一枚の姿になると、隣に入ってきた。

というか本当に近い。

端整な顔が目の前にあって、お互いの吐息が交差する。大きな青い瞳、近くで見ると睫毛がとても長かった。

「じゃあ、おやすみ」

「おやすみなさい、ケイカさま」

セリィはそう言うと、俺の胸に顔を押し付けてきた。金髪から花のような香りが薫った。

「セリィ?」

「すやすや」

「口で言うなよ」

「すやすや」

怒ったような甘えるような声。なんだか可愛いので、腕を伸ばして優しく抱き寄せた。緊張したのか体をビクッと硬くした。胸が大きく揺れ動く。

それでも寝たふりを続ける彼女の可愛い耳へと口を寄せて囁《ささや》く。

「セリィ、ありがとうな」

「あぅ……」

セリィは吐息のような甘い声を出すと、ふにゃっと体の力を抜いた。

「これからも傍にいてくれよ。勇武神になるためにな」

「うぅ……はぃ、ケイカさまぁ……」

寝言のように呟く彼女の顔は耳まで真っ赤になっていた。

薄い背中に回した腕に力を込める。柔らかい胸が押しつぶされる感触。

くぅ、と彼女は小さく鳴いて、自分から密着してきた。

俺はしばらくの間、何かを堪えるように歪む美しい寝顔を眺めていた。

——こんなにも誰かの体温を感じたことはなかったな……でも、まだまだ。彼女のすべてを守れるよう、一日も早く神になろうか。

神。この世界では勇武神。

まずは知名度だ。出来るだけ効果的に困ってる人々を助け、名前を売り込む必要がある。

しばらく情報収集だな。それに勇者になったと知れ渡ったから、向こうから依頼が来るかもしれない。

明日からは忙しい日々になりそうだ。

そんな事を考えつつ、セリィのすべすべした肌を体の曲線に沿って撫で続けた。

——と、眠りかけのセリィが「あん——っ」と喘いで寝返りを打った。後ろから抱く形になり、手の中に丸く柔らかい重みが収まる。ふにふにと柔らかい。

ところが、背後から胸を揉んでもセリィは反応しなくなった。うなじに唇をつけ、耳たぶを噛んでみたが反応なし。本当に眠っていた。よほど疲れていたらしい。

すると、ベッドの反対側に眠るラピシアも寝返りを打つ。

セリィとラピシアが少し絡み合う形になった。

ラピシアの小さな手がセリィの巨乳を揉む。

「オッパイ……オナカ……スイタ……」

あれだけ食べたのに夢の中でも食べ続けているらしい。

ふと気が付く。よく眠るセリィの顔がラピシアと同じぐらい安堵に満ちている。子供のように安らいだ顔で、一心に眠り続けている。

——俺が本当の勇者になって不安が消えたか。もう大丈夫だ。これからも守ってやるからな。

セリィを後ろから優しく抱き締め、その細いうなじにもう一度キスをした。


遠くからはまだ宴の音が響いてくる。

酒場の騒音を遠くに感じつつ、セリィの柔らかな体を守るように抱き続けた。

◇　◇　◇

ヴァーヌス教の教団本部の建物の一室に高位司祭や司教が集まっていた。

長い楕円《だえん》のテーブルに座り、ひそひそと話し合う。

すると、上座に座る縮んだように小さな老人、大司教ガリウスが口を開いた。

「このたびの一件、王や貴族から苦情が来ておる。勇者にふさわしくない山賊が試験に参加しておったとのう」

「いったい誰の責任だ⁉」

「あんなやつを受け付けていたとあっては、ヴァーヌス教の信用にかかわる！」

司祭たちが声を荒らげて言った。

すると禿《は》げ上がった副司教デヴォロが静かな声で話した。

「しかしですな、みなさん。山賊のガフはああ見えて熱心なヴァーヌス教の信者でした。逆にケイカという男、どうも神の教えに従う気配がないかと」

大司教がしわしわの顔を撫でた。

「ふむ……それはそれで厄介であるのう。魔物を退ける偉大なる神ヴァーヌスさまを信じようとせぬとは」

「どういたしましょう？　少し遊ばせてから、『裏』の試練を与えてみますか？」

「そうじゃな……ヴァーヌスさまの役に立たぬようであれば、『裏』をやるしかあるまい」

「御意に――あと、貴族たちを使っての信仰を広める準備が整いましてございます」

「いよいよか……ヴァーヌスさまの教えをさらに広めるのじゃ。皆のものも協力を惜しむでないぞ」

「仰《おお》せのままに」

デヴォロは深々とハゲた頭を下げた。

他の司祭たちも続いて頭を下げる。

大司教は手を合わせ、瞑想《めいそう》するように目を閉じた。ぶつぶつと祈りの言葉が唱えられ、薄暗い室内に不気味に響き続けた。

Character Status

ケイカ
蛍河比古命

Also brave of pretend not that easy.
Reason?
Because I'm a god.

Keika

クラス	勇者・剣豪・神法師
性　別	男
種　族	八百万神
職　業	神
属　性	『浄風』『清流』『微光』

HP　86万5600

MP　126万7600

装備

E 神威の太刀：攻撃力２倍。魔法攻撃力２倍。
E 神衣の紺麻服：防御力２倍。魔法防御力２倍。
E 神木の下駄：行動時敏捷２倍。鼻緒が切れない。勝手に脱げない。
E 水守の瓢箪：たくさん水が入る。水が腐らない。
E 勇者の証：魔王関連・捜査権。魔王関連・裁判権。魔王関連・刑執行権。
必要物資現地調達許可。各地通行許可。各種税免除。勇者技能系統樹付与。

パラメーター

筋　力：8万1210(+3万3210)　　攻撃力：16万2420
敏　捷：9万1910(+2万4910)　　防御力：18万3820
魔　力：6万1410(+4万4410)　　魔攻力：38万4220
知　識：19万2110(+10万5110)　　魔防力：12万2820
信者数：32

スキル

刀切り(かたなぎり)：刀で切り付ける。
刀突き(かたなづき)：刀で突く。
居合い(いあい)：防御値無視+確率で即死効果。

烈風斬(れっぷうざん)：風の刃を飛ばして切る。横1列攻撃。
疾風乱刃(しっぷうらんじん)：複数の風の刃を乱れ飛ばす。横複数列攻撃。
轟破嵐刃斬(ごうはらいじんざん)：風の刃の嵐を呼ぶ。範囲攻撃。

水月斬(すいげつざん)：水の刃を飛ばして敵を切断する。縦1列攻撃。
瀑布轟破(ばくふごうは)：滝のような水圧で持って敵を押し切る。縦複数列攻撃。
魔鬼水斬滅(まきすいざんめつ)：清浄なる水の力を刀に宿して悪鬼を滅ぼす。
敵1体に大ダメージ。

パッシブスキル

妖精の加護：即死無効。状態異常無効。幸運＋３０％。妖精界移動許可。

神魔法

神の魔法は、神なので自在に作れる。ただし自分の属性に合ったもののみ。

あとがき

みなさん、はじめまして。

そして「小説家になろう」連載時から応援してくれた読者さん、こんにちは。

ついに書籍化することが出来ました！　応援してくれた皆さんのおかげです！　感謝です！

更新開始直後は埋もれていましたが、それでも毎日見に来てくれる人がいたから楽しく更新を続けられて。結果、予想もしていなかった日の目を見ることができました。

ブクマや評価入れてくれた人たちは「勇者のふりはワシが育てた」と言っちゃってください！


ちなみに、作品自体は「小説家になろう」で連載していた第一章と同じですが、中身は全力で改稿しました。

特に「なろう版と同じ展開でありながら、まったく違う話にする」という大変な改稿をしました。

第六章が初登場のステラを一巻から出してみたり。ミーニャがケイカを好きになる理由をより明確にしてみたり。とくに試練の塔を全面改稿したのが大きいです。

とても面白くなったと自負しています。

それもこれも担当さんのおかげ。プロの編集さんの指摘はすごいなと思いました。

小説って一人で書くものだとばかり思ってましたが、編集さんとの二人三脚で出来上がるって本当だったんだなと実感しました。

さて、この巻で勇者になれたケイカ。

次の巻では勇者としての冒険を開始しつつ、信者獲得に乗り出します。その前にあの村へお礼参りに行きます！　神が勇者になった今、どういう仕返しをするのか。お楽しみに！

では最後に謝辞を。

まずは担当のKさん、何十回にも及ぶ改稿ありがとうございます。とても面白くなりました。

続いてさめだ小判《こばん》先生！　僕の脳内を見たかのような完璧なイラスト、ありがとうございます！

実は、第一希望でした！　本当に引き受けてもらえて嬉しかったです！

そしてデザイナーの柊椋《ひいらぎりょう》さん。タイトル長くてかなり苦労したと聞きました。しかし仕上がってみれば素敵な表紙になっていて、本当にありがとうございます！

編集部の皆さんや校正さん、あとはストーリーの組み立て方を教えてくれたシナリオセンターの小島先生、尾崎先生、後藤先生、本当にありがとうございました！

研修科や作家集団で共に学んだ人たち、そしてシナリオの読み合いまでしてた基礎科76期生の同期たちに感謝を！　では、また。

GAノベル

勇者のふりも楽じゃない――理由？俺が神だから――

2016年10月31日　初版第一刷発行

著者　疲労困憊

発行人　小川 淳

発行所　〒106-0032　東京都港区六本木 2-4-5
SB クリエイティブ株式会社
03-5549-1201　03-5549-1167(編集)

装丁　柊椋 (I.S.W DESIGNING)

印刷・製本　中央精版印刷株式会社

ISBN978-4-7973-8847-3
Printed in Japan

ファンレター、作品のご感想をお待ちしております。

〒106-0032　東京都港区六本木 2-4-5
SBクリエイティブ株式会社
GA文庫編集部 気付

「疲労困憊先生」係
「さめだ小判先生」係

本書に関するご意見・ご感想は
下の QR コードよりお寄せください。
※ご記入の際、特殊なフォーマットや文字コードなどを使用すると、
読み取ることが出来ない場合があります。
※中学生以下の方は保護者の了承を得てからご記入ください。
※アクセスの際や登録時に発生する通信費等はご負担ください。

http://ga.sbcr.jp/